落第騎士
英雄譚
16
海空陸
RIKU MISORA
繪者 WON

落第騎士英雄譚
cavalry
16
©Won

「……」
《紅蓮皇女》史黛菈．法米利昂躺在
精密檢查室的診療台上，
全身一絲不掛。
©Won

©Won

「黑鐵同學果然很厲害。」
©Won

「喔，原來綾辻同學
向黑鐵同學學過劍？」

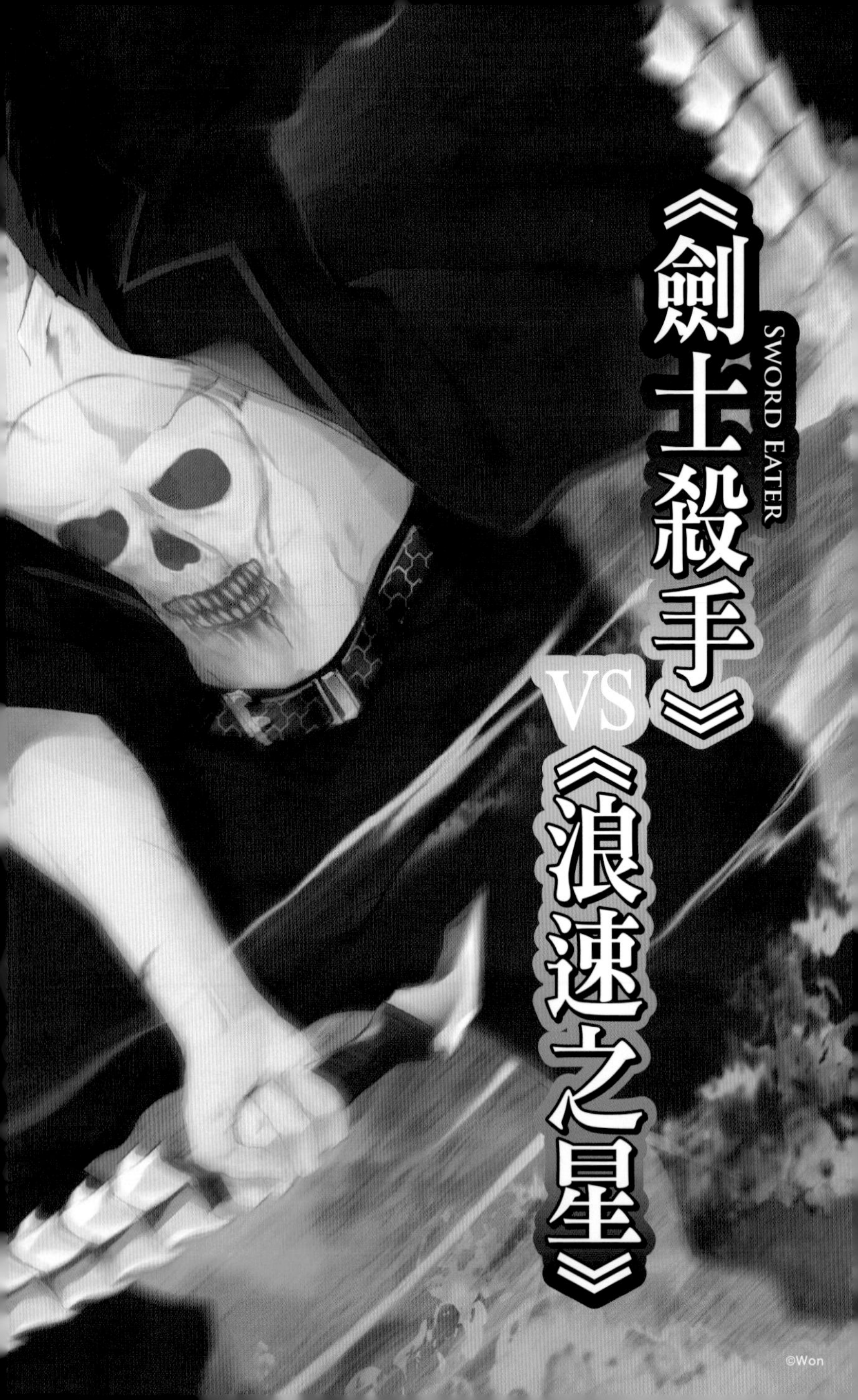
《劍士殺手》
SWORD EATER
VS
《浪速之星》
©Won

曾與黑鐵一輝激戰的兩人，
正式交鋒！
©Won

CONTENTS

終章II 思鄉

〈傀儡王〉歐爾・格爾。

一名憎恨世上所有事物的〈魔人〉(Desperado)，掀起了戰爭。

而這任性又毫無意義的戰鬥——

〈紅蓮皇女〉史黛菈・法米利昂。

〈落第騎士〉(Worst One)黑鐵一輝。

〈不轉殺手〉多多良幽衣。

〈夜叉姬〉西京寧音。

多虧以上四人的奮戰，終於畫上句點。

——但這場勝利並非毫無犧牲。

〈黑騎士〉身為〈聯盟〉屈指可數的戰力，卻背叛〈聯盟〉，與一輝交戰後戰死。

多多良全身重傷，暫時只能專注復健。

黑鐵一輝也是其中之一……他為這場戰鬥付出龐大代價。

他在〈傀儡王〉歐爾·格爾的決戰中，一度傷重身亡。

幸虧〈深海魔女〉黑鐵珠雫應〈聯盟〉徵召趕到現場。有她出手，一輝才勉強保住一命。然而他的肉體嚴重損傷，有珠雫相助仍然難以完全再生。身體總體積大幅縮水，外貌縮小到十歲左右。

「喝！哈！哼!!」

損失體細胞，等於喪失體能。

一輝的力氣只剩下十歲小孩的程度，每天必做的鍛鍊凸顯了現實。

「哈、哈啊……！這、這個樣子，不行啊……」

一輝在法米利昂王宮中庭練揮劍，不支坐倒在草地。

他才做完平時的一半日課，已經累得喘吁吁。

大腦缺氧，無力思考。

先不提肌力，體力已經嚴重下降。

用以往的感覺活動身體，馬上就精疲力盡。

攻擊範圍縮小，更是難以掌握與攻擊標的的距離，實在棘手。

刀搆不著原本預想的目標。

今天是自己清醒之後的第五天，也是恢復平時鍛鍊的第一天，待解決的問題堆積如山。

雖然照珠雫的說法，他現在的身體只是暫時的，不會一直維持十歲小孩的體格。未來會耗費數個月，活化殘留體細胞的生長因子，慢慢恢復原本的體魄。不過——

「身體恢復之前總是有可能發生突發狀況……還是要想辦法活用現在的體格戰鬥。」

一輝凝視著自己嬌小圓滑的手掌，喃喃說道。

可能是全身體細胞變薄的緣故。

皮膚遠比以前薄弱，稍微揮揮刀，手掌就發熱發痛，快要抽筋。

他徹底失去以往磨練出的體魄。

但是——

「呵……」

一輝沒了千錘百鍊的肉體，表情卻不顯一絲陰霾。

他小小的嘴角反而勾起堅定的笑意。

「既然自己比以前缺少力量，只能更進一步鑽研技巧。」

沒錯。

一輝甚至將眼前的困境，視為自我成長的好時機。

自己的劍術逐漸臻於完美。

然而──

（我仍舊敗給歐爾．格爾。）

還讓珍愛的她傷心落淚。

這怎麼行？

他絕不能重蹈覆轍。

但自己的功夫還不到家。

自己還沒徹底開發刀劍戰鬥的可能性。

正因為這副軀體失去以往鍛鍊的力量，才能挖掘契機。

自己的傷勢反而成為進步的良機。

柔弱的肉體無法掩飾自己的缺陷，適合趁機重新修正自己的劍術。

幸虧自己並沒有忘記如何運用肉體。

自己的劍術是建立在〈比翼之劍〉的基礎上，照理來說，這具弱小的肉體也可以使用這套劍術。

繼續花時間熟悉這副身體，就能找出合適的運用方式。再透過幾場模擬戰，進而拉近預想與實際的動作差異。

首先──要在一星期內達到前述目標。

再來──

（距離痊癒還有半年，這段期間的功課，就是以小孩之軀贏過以前的我……！）

於是，黑鐵一輝比任何人更快有所行動，試圖將挫折化作糧食，飛向更高的境界。

而同一時間……他的伴侶也注視著未來，燃起鬥志。

◆◇◆◇◆

這裡是法米利昂首都，弗雷雅維格的醫院。

〈紅蓮皇女〉史黛菈·法米利昂躺在醫院精密檢查室的診療臺上，全身一絲不掛。

她難過地皺著臉，渾身沁出香汗。身體黏著數個貼片，貼片接有電線，延伸到周遭的巨大檢測儀器。

〈深海魔女(Lorelei)〉黑鐵珠雫身披白袍，操作這些儀器。

珠雫活用〈白衣騎士〉藥師霧子傳授的知識，使用醫療儀器發出特殊頻率，導入人體，結合自己的水屬性治癒術，仔細診斷史黛菈的肉體。

檢查開始之後，已經過了五小時。

直接被人翻弄內臟、骨頭，古怪的感覺搞得史黛菈疲憊不堪，但是珠雫的疲累比她有過之而無不及。珠雫必須全神貫注地使用魔法，**穿梭在細胞之間**，以免損傷史黛菈的體細胞與身體組織。

就在專注力即將超過極限的前一刻──

「哈啊、呃──────！」

所有必要檢查終於結束。

珠雫呻吟似地喘著氣，從史黛菈的腹部上挪開手。

她腳步踉蹌，無力地倚靠房間牆壁，說道：

「史黛菈同學，辛苦妳了。可以起身了。」

「……結果、怎麼樣？」

史黛菈一邊拿下貼片，一邊坐起身問道。

語氣沒了以往的活潑與堅定。

她的神情和嗓音飽含擔憂、膽怯。

珠雫見狀，回答道：

「身體組織現階段沒有找到任何異狀。史黛菈同學**仍然是人類**。」

「唔、呼～～～～～～～！！！」

史黛菈聞言，大口吐氣，露出安心的神情。

太好了。她語帶顫抖地低喃，抱緊自己的肩頭。

──沒錯。除了一輝，還有其他人因為之前的戰鬥，身體產生異常。

史黛菈跨入〈覺醒（Brute Soul）〉的負面境界——〈超度覺醒〉。

靈魂經歷〈覺醒〉，脫離人類境界之後，肉體又受到非人之魂影響，逐漸變質，稱為〈超度覺醒〉。

史黛菈當時仰賴與一輝的感情維持自我，肉體卻變異成另一種生物。一旦經歷變異，即便事後外表恢復原狀，體內搞不好仍是非人之物。

這次檢查就是為了確認史黛菈的狀況。

檢查結果是陰性。

現階段沒有查出任何未知的身體組織、構造或是基因異常。

尤其史黛菈是女人。

她有一個最愛的男人，她的身體已經不只屬於自己。

自己可能再也沒辦法孕育後代，這是最糟糕的情況。

現在她擺脫這份恐懼。

沉穩如史黛菈，也免不了落淚宣洩情緒。

「但我不保證下一次還能恢復原狀。西京老師說得對，妳最好盡可能別動用那股力量。」

「嗯，我知道。」

史黛菈聽完珠雫的忠告，毫不遲疑地點頭。

經歷過一次就能明白。

就如〈夜叉姬〉西京寧音所說，那股力量並非喚醒潛能。

過於強大的自我失去控制，將自己轉變成完全異於人類的生物。

自己對付歐爾．格爾的時候，她與一輝的關係成了最後的救命繩，從奔流般的憤怒與破壞性衝動中拉回自我。若再變質一次，很可能再也**回不來**。

絕不能把這麼危險的力量當作選項。

——話雖如此，倘若不仰賴〈超度覺醒〉，自己到底有沒有辦法戰勝〈死靈遊戲（Danse Macabre）〉？結果恐怕很難說。她必須接受現實。

既然如此——

「墮落到〈超度覺醒〉以後至少讓我明白，自己（自我）還沒有完全發揮靈魂的潛能。我會讓自己不再依賴〈超度覺醒〉，想辦法在維持〈紅蓮皇女〉的狀況下，活用自己的力量……」

雖然自己還沒找到具體的解決方法。

但她一定會達成目標。

史黛菈堅定地表明未來的決心。

「……是說，有必要貼在這種地方嗎……？」

她低頭望向自己碩大的雙峰，不滿地問。上頭還貼著貼片。

這部位比較敏感，電流透過貼片刺激，實在很……不，是非常痛。

這類貼片應該不能貼在這種部位。

難不成是珠雫惡整自己？

珠雫見史黛菈一臉懷疑，答道：

「嗯？是沒必要，純粹找妳麻煩。」

「嗄啊!?」

「……開玩笑的。說到底，是妳自己希望這次檢查著重在女性身體功能，不是嗎？」

「唔……是沒錯。」

是自己拜託珠雫仔細檢查這部分。

畢竟比起自己的身體健康，她更介意女性功能是否正常。

史黛菈接受珠雫的解釋，撕下貼片，鄭重向珠雫道謝。

「……珠雫，謝謝妳。這次都是妳在幫我呢。」

珠雫聽見平日針鋒相對的對象衷心向自己道謝，似乎覺得尷尬，撇過頭去。

「妳用不著道謝。我是為了幫上忙才從老師手上搶到徵召名額，飛來法米利昂。我只是盡我的本分。」

一聽就知道是在掩飾自己難為情。史黛菈聞言，忽然想起一件事。

珠雫為什麼要代替霧子來法米利昂？

史黛菈在法米利昂的戰後整頓之後，從母親阿斯特蕾亞口中聽說，原本應該是〈白衣騎士〉藥師霧子前來法米利昂支援。

雖然珠雫曾在霧子門下學習過治癒術，她竟然會派珠雫代替自己到場。

霧子這麼做的原因是──

「話說回來，聽說日本現在好像亂糟糟的呢。說是有大量囚犯逃獄？」

珠雫點點頭。

「是。〈傀儡王〉的絲線深入糾纏在世界各個角落，遠遠超出〈聯盟〉想像。不只是日本，世界各地似乎也發生類似狀況。到處都忙成一團。」

「這傢伙真是有夠會搞破壞……」

死都死了，竟然還留一大堆麻煩。

真是沒藥救的混蛋。史黛菈嘆了口氣。

「亂歸亂，家父在事發初期就發出『特別徵召』，霧子老師、學生會長、前任〈七星劍王〉諸星學長都加入善後，我想現在應該解決得差不多了。」

「也是，都出動那群人了，再亂大概也亂不了多久。『特別徵召』制度等於派學生到前線戰場，爭議很大。妳們的父親還真下得了決心。」

「家父在該下決定的時候從不會誤判時機。畢竟他除此之外也沒別的優點。」

珠雫一臉不悅地評價自己的父親。

一輝參加七星劍武祭時，似乎對父親做出某種程度的妥協。但他的妹妹敬愛兄長，至今仍對父親忿忿不平。

順帶一提，史黛菈也還沒原諒一輝的父親。

© Won

史黛菈自己依舊一肚子火。只是當事人不打算繼續追究，她就沒必要特別介入。

她一聽見珠雫跟自己有同感，頓時覺得很可靠。史黛菈下了床，腳邊的籃子放著她的衣物。她從衣物中取出智慧型手機。

「稍微查一下好了。現在法米利昂國內還亂七八糟，外頭的消息進不來……」

嚴格來說，就算外頭的消息進得來，她也忙到沒空看。

不過，法米利昂有專門單位負責接收嚴重的緊急快訊，她不可能真的錯過消息。現階段沒收到任何通知，代表日本已經平安解決當地的麻煩。

「大家現在在做什麼呢……」

可能是經歷激烈戰爭的緣故。

史黛菈忽然非常想念日本的同學、好友，好想再見見他們。

——沒錯，她這時還不明白。

她無從得知。

不只是她，所有人都尚未察覺。

在這之後……成為史黛菈第二故鄉的這個國家，即將發生慘劇。

足以吞噬日本的〈大炎〉早已逃離囹圄。

現在，沒有任何人知道——

序章
深淵熖火

黑暗。

無窮無盡的黑暗。

他在冰冷的沉眠之中，目不轉睛地仰望那片黑暗。

不過，他不曾厭倦。

黑暗並非只有漫無止境的漆黑。

光。

光芒閃爍。那光亮微小，恍若夜空的星光。

灑滿了整片。

眾多光亮點滅，發光，最後燒盡般地熄滅。

他知道。

光亮，是希望。

希望，則是人。

斗轉星移之中，人們降生，發光發熱，短暫的性命終將消逝。

生命的光芒比任何寶石都燦爛、高貴，看也看不膩。

——他珍惜，卻也憐憫這些光芒。

這些星光如此微弱，無力驅除黑暗。

好比點點星斗再怎麼努力發光，黎明始終不會到來。

如今，永夜即將再次籠罩這個時代。

永夜的黑暗深邃、濃厚如墨，能輕易掩蓋細碎的星光。

他置身於因果之外，明白永夜終將來臨。

世界渴望著。

尋求能與曾經開闢新時代的**他們**並駕齊驅，一顆耀眼無比的巨星。

這份希望必須媲美太陽，散發強光，驅走時代的黑暗。

所以，他心想。

或許是神明降下的恩惠促使自己清醒，以求培育一顆嶄新的巨星。

第一章 眾勁敵的此刻

時間倒轉，回到黑鐵一輝與史黛菈・法米利昂剛抵達法米利昂的時候。

事件起因是人禍。歐爾・格爾為了掀起這次戰爭，一口氣釋放至今透過〈絲線〉控制的各國政要、公務員。

歐爾・格爾的伐刀絕技（Noble Arts）〈提線人偶（Marionette）〉，能夠搶奪人體與意識的控制權。然而他強行收回控制力，引發各地政府人員、員工接連昏迷。

結果導致世界各地監獄發生前所未聞的大量囚犯越獄事件。

想當然耳，世界第一治安良好的日本國內也不例外。

逃獄犯當中當然也包含〈伐刀者（Blazer）〉。這些罪犯帶來的威脅與惡意，一口氣惡化日本國內治安。

日本政府眼看狀況如此危急，當然不會坐視不管。

黑鐵一輝一行人在奎多蘭初次遇上歐爾・格爾時，就在同一時間——

〈國際魔法騎士聯盟〉日本分部分部長，有〈鐵血〉之稱的〈魔法騎士〉黑鐵嚴代替出訪國外的月影總理，出面處理狀況。

他考量到混亂規模與緊急性，在應對初期就下達一個重要決策。

向日本國內的學生騎士發布〈特別徵召〉。

這是非常手段。由政府為尚未持有〈魔法騎士〉執照的人員背書，暫時賦予他們和〈魔法騎士〉同等的職權。

〈學生騎士〉接受徵召後，便能在公共場合動用魔法、進行戰鬥。

嚴早早下達〈特別徵召〉，將應對人手擴充到最大。

盡其所能，以最快速度處理眼前危機。

◆◇◆◇◆

一架前往羽田機場的飛機正準備飛離青森機場。

有一群人混進這架飛機。

日前日本各地剛發生大量越獄事件。

當時趁機脫逃的囚犯，現在混進了機內。

人數總計六人。

六名男人闖進同一班飛機，當然並非巧合。

「——————」

這次計畫的首領是一名伐刀者，囚犯編號015號。這名肌肉發達的壯漢陷進經濟艙的狹小座位，深吸一口氣。

接著在腦中統整預定的計畫流程。

手段非常簡單。

六人現在潛藏在飛機各處，一看到暗號就同時顯現靈裝(Device)。

每班飛機一定會有〈魔法騎士〉駐守。首先抓住附近乘客當作人質，牽制〈魔法騎士〉。再由坐在最前排的自己闖進駕駛艙，奪走這班飛機的控制權。

也就是劫機。

他們當然不打算按照原定行程前往羽田。

這架飛機會改變目的地，前往〈聯盟〉無法介入的北方獨裁國家。

他們已經通過仲介聯絡好了。

獨裁國家苦於經濟制裁，想必會喜孜孜地接收「其他的普通乘客」，當作外交籌碼。

計畫最大的難關就是潛入飛機，而他們已經成功了。

接下來就只需等待暗號。

暗號十分好懂。

飛機達到一定高度，安全帶指示燈就會熄滅。指示燈熄滅的瞬間就是暗號。

「「不准動!!」」

囚犯編號015號勒住隔壁柔弱少女的脖子，做出拔槍的手勢，顯現自己的衝鋒槍型靈裝，槍口對準少女的太陽穴。

客艙各處同時發生相同狀況，當場引發騷動。

「這!?」

「咦、怎麼了!?」

「那、那些傢伙拿著武器！」

「你們是伐刀者!?」

「老頭，不准動！後面的金髮傢伙也是！你們給我動一下試試看！我馬上轟爆人質的頭，順便朝座位掃射一波！」

「唔……！」

「喂，022！去綑緊剛剛打算拔靈裝的混蛋！」

「喔！」

越獄犯按照事前計畫，企圖先讓警衛失去作用。

擔任機上警衛的〈魔法騎士〉馬上採取行動。但是越獄犯早已挾持六名人質，他們沒辦法輕舉妄動。

警衛頓時失去作用。

015確認警衛無法行動之後，抓著人質威脅空服員。

他逼迫空服員帶自己前往駕駛艙，以相同手段恐嚇機長與副機師。

「你們搞清楚狀況了吧？這架飛機的航程全部取消，現在開始你們得配合我們的行程！要是敢不照做……！」

015說完，槍口指向駕駛座上的兩人。

外貌四十多歲的機長**裝出**毅然決然的態度：

「殺、殺死我們又如何？你們看起來都不會駕駛飛機啊！」

015用槍聲回答機長的疑問。

全自動射擊只偏離機長的臉一點點。

子彈全射中駕駛艙的擋風玻璃。

「咿咿！」

「少廢話，交涉根本沒屁用！反正我們不越獄，就等著在窯子裡蹲到老！你們不乖乖聽話，小心我們在城市的正中央搞一場大墜機啊!?」

「我、我知道了！我會照做，拜託你冷靜一點！」

恐嚇效果十分顯著。

機長完全無力抵抗。015望著機長的表情，深信作戰已經成功。

「一開始老實點不就得了？聽好了，這架班機不會去東京。新目的地是北韓的空軍基地。」

「這、怎、怎麼能隨便接近那種地方？那裡才不管是不是民航機，會直接被擊墜啊!?」

「我們打過照面，不會被擊墜。對方可是非常歡迎你們去作客。少擔心些有的沒的，快點——」

就在015確定計畫得逞的瞬間——

「「「哇啊啊啊啊啊啊！！！！」」」

一陣龐大的爆炸聲與震動衝擊整架飛機。

機內頓時劇烈搖晃、傾斜。

客艙尖叫聲四起。

「怎、怎麼搞的!?你們幹了什麼！」

015回頭怒吼。

「我們啥都沒做啊！」

「真的不是！飛機突然搖晃——啊、啊啊啊！」

「窗外！快看窗外！」

「騙人!?不會吧！討厭討厭討厭，那是什麼！」

「媽媽————！媽媽————!!」

非比尋常的喧囂。

０１５的同夥和乘客陷入恐慌。

他們朝著窗外吵鬧不休。

０１５還來不及反問，副機師早一步說出眾人喧嚷的原因。

「機長！左主翼引擎起火！左主翼毫無反應！」

「什、什麼!?」

「本班機再繼續飛行，恐怕無法維持浮力，會直接墜落！」

「狀況就如他所說。那個，你們還打算繼續飛往北韓嗎……？」

機長一臉慘白地問道。

０１５根本不懂飛行知識，但一連串的震動、隨之而來的爆炸聲足以讓他明白，飛機不可能繼續飛行。

這架飛機肯定會在抵達目的地之前墜機。

他方才以墜機為前提威脅機組員，嘴裡說得好像自己早就做好心理準備，然而墜機的風險實際來到眼前，頓時澆熄他的氣焰——

「現在立刻飛回機場！在墜機前降落!!」

０１５放棄計畫，語氣淒厲地命令機組員駕駛飛機回頭。

機長等人隨即聽從指令。

機長向塔臺通知班機需要緊急降落，副機師拚命操縱左主翼噴火的飛機，飛回跑道。

強行調頭導致損壞的機翼吱呀作響，鐵片發出悲鳴，掩蓋人們的慘叫。

機翼終於不堪負荷，**左主翼直接從中段扭曲變形**。

機身這次的震盪比之前有過之而無不及。

尋常人實在難以站穩，015也倒在地上，縮起身軀哀號。

「咿、咿咿咿！死定啦啊啊啊！」

不過——

「叔叔，沒事啦。」

015手中的人質，那名柔弱少女——不，那是一名臉蛋稚嫩的少年。在這猶如沸騰大鍋般的混亂當中，只有少年一個人穩穩用雙腳站立。他的語氣平淡，甚至令人一陣發寒。他對015說道：

「**我的運氣這麼好**，這架飛機才不會墜機。」

「你——」

你在說什——

015還來不及反問。

飛機沒了機翼，喪失浮力，開始急速下降，直接撞向跑道——

接著卻若無其事，理所當然地平穩落地。

「「「…………………嗄？」」」

失去機翼的飛機平安降落。

這幸運來得如此**異常**，簡直超乎常理。

不只是包含015在內的眾多乘客，就連駕駛本人都十分錯愕，傻愣愣地張著嘴，不停眨眼。

就在這陣沉默中——那名少年發出銀鈴般的輕笑。

「你看？我就說嘛。啊，若不是我剛好在場，又希望不弄出傷亡就解決這狀況，你們應該可以成功逃跑呢。應該說是倒楣吧？」

015在這一瞬間終於察覺。

就是這名少年。

這名金髮少年就是異常狀況的元凶。

「你、你到底是——」

015面對超乎想像的對手，怕得渾身發抖。

少年見凶惡囚犯如此窩囊的一面——

「我是〈厄運（Bad Luck）〉紫乃宮天音。現在只是一個平凡的學生騎士。」

他手拿細劍（蔚藍），刺進015的喉嚨。

「我才剛搭上飛機要去參與徵召，馬上就遇到囚犯，還真是幸運……不對，是倒楣吧？」

◆◇◆◇◆

這裡是東京都內。

綾辻劍術道場。

「呀啊啊啊啊！」

道場傳出一陣淒厲尖叫。

劍術道場是打鬥的場所，原本就經常傳出哀號跟吼叫，這陣尖叫卻十分反常，聽起來相當急迫。原因在於——

「死、死胖子，你突然間搞什麼——噗!?」

一名身材如木桶的壯漢突然踢壞正門，闖了進來。

壯漢臉上有兩道舊傷，從頭頂延伸到鼻子，彷彿劃開整張臉。〈貪狼學園〉的學生正在道場的院子裡勤奮修練，這名壯漢二話不說就趕開學生，雙眼充血，惡狠狠地瞪向坐在長廊邊緣的道場主人——綾辻海斗。

「哼哼哼，我倆倒是好久不見了……〈最後武士（Last Samurai）〉。」

「……………」

「你記得老子吧？託你的福，老子可是什麼都沒了。」

這個男人名為大熊銀次。

囚犯編號251號。

日前才剛發生大量越獄事件，他就是其中一名脫逃的伐刀者。

這個男人原本該躲藏起來，又為什麼會大剌剌地跑來綾辻道場鬧事？

他的動機只有一個。

原因在於〈最後武士〉綾辻海斗。是這個男人親手逮捕自己，將自己扔進監獄。

沒錯，他就是前來向仇人報仇雪恨。不過——

「這個禿頭是大叔的朋友？」

「不，我不認識他。」

海斗身旁有一名長相凶惡的青年，他隨口問道，海斗卻是一問三不知。

他瞇起眼，仔細瞧了瞧大熊，仍然一臉問號。

海斗壓根不記得眼前的大漢。

大熊見狀，猙獰的雙眼更是氣得發紅，放聲怒吼：

「嗄？少給我開玩笑！你不是在十五年前殲滅了〈曾山組〉？我就是組裡的二當家，大熊銀次啊！」

「不認識。」

「你看這傷疤！你總記得我臉上的傷疤吧！就是你那天突然闖進組裡，留這兩條疤在我臉上。」

「我不記得。」

「是你毀了我的組！老大和小弟全都被逮了，我也無家可歸！你跟組裡到底有什麼仇，為什麼要攻擊我們啊！」

「我就說我不知道。我之所以會攻擊你們這些不法之徒，**純粹是想累積實戰經驗，只要對方是伐刀者罪犯，管他是誰都可以**。別說是有仇，我本來就對你們不感興趣，根本不記得我打敗過誰。」

「噗、哈哈！真狠啊！」

青年聽了海斗的解釋，捧腹大笑。

但是大熊在牢裡恨了海斗整整十五年，他可笑不出來。

「……是嗎？你不記得**當時弱小的我**，無所謂。老子要幹的事不會變。你印象中的我很快就會變成恐懼的象徵啦——！」

憤怒爆發，轉化為吶喊，雙手顯現翡翠色澤的手甲。

這就是大熊的靈裝。

能力為自然干涉系·風。

大熊將空氣凝聚於右拳。

「聽說你生了場大病，才剛痊癒？老子才管不著你身體健不健康!!」

壓縮空氣的砲彈隨著拳頭一出，砸向海斗。

海斗坐在長廊邊，不可能閃躲這一擊。

攻擊直接命中。

壓縮空氣炸開長廊與後方的房屋，挖出一大塊空洞。

但是——

「————嗄？」

海斗與身旁的青年明明身處於暴風毀壞範圍的正中央，卻毫髮無傷。

海斗和青年明明在原地動也沒動，為什麼？

大熊面露困惑。青年嘖了一聲。

「嘖，給老子毀得一塌糊塗。吵死人的傢伙又要衝過來了。」

「你們幾個————!!大白天的在吵什麼吵!!」

「看吧，才剛說完就來了。」

留著漆黑長髮的少女氣沖沖地跑進騷動中央。

她是綾辻海斗的女兒，綾辻絢瀨。

「我剛才聽到好大的聲音……唔、啊——！道場又壞了！你們這些人……！」

絢瀨看到現場一片悽慘，怒視四散在周遭的〈貪狼〉學生。

〈貪狼〉學生見狀，拚命搖頭喊冤。

「大、大姊，不是啦！**這次**不是我們幹的啦！」

「全部都是那個死胖子搞的！那傢伙突然就衝進來，把道場搞得亂七八糟！」

「絢瀨。」

海斗打斷整場混亂，喊了女兒的名字。

他先是瞥了女兒一眼，視線又移到大熊身上，說道：

「這是個實戰的好機會。妳就一個人試著逮捕那惡漢。」

「……他是誰？」

「不認識。但從他的話裡看來，應該是上次那件越獄案的越獄犯。」

「喔，就是**那邊那個男人**被排除在戰力外的案件。」

絢瀨說著，朝海斗身旁拋去冰冷的眼神。

青年——〈劍士殺手（Sword Eater）〉倉敷藏人見對方瞪了自己，嗤笑一聲。

「老子只是素行不良被踢出名單，少把我當成沒人看上眼的雜碎。」

「唔。」

這句話讓絢瀨不滿地嘟起嘴。

「……我知道了，爸爸。你們也不要出手幫忙。」

她手握自己的靈裝——鮮紅日本刀〈緋爪〉，與大熊面對面。

「你把我家弄成那副德行，總該稍微吃點苦頭。」

「海斗的女兒——妳倒和爸爸不一樣，是個伐刀者。有趣有趣。」

大熊見事態如此演變，猙獰地露牙笑道。

他實在太恨海斗。

殺死海斗一個人根本不夠洩憤。

對方毀了自己的家園，這筆帳就用海斗的家人賠。

「看你這麼自豪女兒，我就痛揍她一頓，讓你想笑也笑不出來!!」

大熊咆哮完，急速向前衝。很難想像那軀體肥壯如木桶，行動竟能如此迅速。

他揮拳打向絢瀨。

右直拳筆直以最短距離而去。

「喝啊啊!!」

然而他小瞧絢瀨是個女孩，這一擊出得太過魯莽。

「哼。」

「——!」

綾辻的劍術為「後出必勝」，以後為先。

以後為先即為反擊、回擊。

之所以會有如此特色，是因為**海斗並非伐刀者**。

伐刀者身懷魔力，防禦能力傑出。

他們只要以魔力護身，甚至能以肉身彈開子彈。

只有魔力才能打破魔力。

但是海斗不是伐刀者，無法使用魔力。

那該如何是好？

該如何顛覆這絕望般的力量落差？

天才劍士綾辻海斗得出的答案，便是〈綾辻一刀流〉。

敵方攻擊的剎那，無論如何都會疏於防禦。這套劍術便是瞄準這鬆懈的一瞬間。

海斗透過極致的以後為先，以非伐刀者身分擊敗無數伐刀者，成為受〈魔法騎士〉敬畏的〈最後武士〉。

而他的女兒絢瀨——自然繼承了這套劍術。

絢瀨以刀身撥開敵人莽撞的一拳，刀刃順勢轉守為攻。

她穿過大熊的腋下，一刀打橫劃向側腹。

但是——

「〈風爆障〉!!」

「哇啊！」

〈緋爪〉刃尖觸及大熊側腹的一剎那，龐大身軀忽然噴發一股壓力。

是風壓。

空氣壓力以大熊為中心釋放，用力彈開絢瀨纖細的身體。

對方反應十分迅速。

這一招絕非靠反射神經出招。

……其實有一個人辦得到，但大熊並非那個例外。

這麼一來，謎題的答案就單純得多。對方早知道會來這麼一記反擊。

「原來如此，妳的確是海斗的女兒，和父親使同一套劍法。但這成了反效果。我為了這一天、為了報仇，已經苦思整整十五年，早就準備好對付海斗的方法啦!!」

沒錯，大熊親身體驗過綾辻的劍術，知道他會以後為先。

自然早有打算。

大熊是有把握應付，才到場踢館復仇。

「喝啊喝啊喝啊喝啊!!攻擊來得這麼多，我看妳要怎麼反擊！」

大熊再次上前。

他這次當然不再隨便出拳。

入獄十五年，他千思萬想，終於構思出這套戰術，和〈風爆障〉一樣，專門用來對付海斗。

使用風暴圍繞全身，加快行動速度，連續出擊，快到不給敵人反擊餘地。

每一擊的力量雖然隨著加速下降，大熊仍能利用伐刀者的能力彌補。

雙手纏繞鐮風，以臂為刃，施展劈砍。

伐刀絕技〈爪嵐〉。

大熊藉此讓自己的攻擊兼具速度與攻擊力。

再加上一刀流的出招次數與雙手差距甚大，絢瀨逐漸遭到壓制。

「哼哼哼，絢瀨，妳覺得太難搞的話，要不要讓我幫妳一把？」

「吵死了！」

藏人的語氣太瞧不起人，絢瀨逞強回道。

她在逞強？

——並非如此。

絢瀨的確專心防守大熊的進攻。

但她並不是被迫防守。

這點程度的連擊對絢瀨來說，輕易就能反擊。

她經過黑鐵一輝指點，學會正確驅使身體的方法。

絢瀨不再模仿父親。她的劍術已經與肉體完美契合，遠比校內選拔賽對上黑鐵一輝那時精湛。

她深知自己就算當場再一次施展一開始的反擊，只會一再隔絕在〈風爆障〉之外，所以才刻意維持防守。

以刀身化解敵方攻擊，轉而進攻。

但大熊能趁在轉守為攻的一瞬間，化反擊於無物。

純粹的卸招不管用。

現在，她需要將刀刃維持在進攻狀態，卸除敵人的攻擊又不留破綻。

綾辻的劍法確實存在如此神乎其技的一招。

她經過黑鐵一輝指點，延伸出**專屬於綾辻絢瀨的套路**，才終於抵達那一招的境界。

「綾辻一刀流奧義——〈天衣無縫〉。」

「這是——!?」

瞬時之間，絢瀨的身體**穿透**大熊的拳頭。

不、嚴格來說她並沒有穿透拳頭，只是大熊的眼中呈現這番景象。

絢瀨以最低限度的行動卸除攻擊，將大熊拉進自己的絕對命中領域——

「哈啊！」

「〈風爆障〉——!!」

此時發生了絢瀨意料之外的小狀況。

這一刀在攻守轉換時確實不留破綻，而且足以砍倒敵人。大熊卻追上這一刀的攻擊時機。

當然有其原因。

大熊朝海斗擊發壓縮空氣彈的時候。

海斗利用〈天衣無縫〉閃避攻擊。

絢瀨穿透自己的拳頭時，正好勾起當下的記憶，讓大熊保持冷靜。

結果大熊厚重的胸板只留下淺淺一道撕裂傷。

這道傷終究無法致命，但是——

「玩再多怪把戲，終究只是臂力柔弱的女人！這點傷可阻止不了我——!?」

下一秒，大熊的聲音滿載震驚。

絢瀨身為自己的對手，竟敢背對自己。

她的視線完全離開自己，彷彿勝負已分。

「蠢女人，妳在看哪裡——!!」

大熊頓時怒火中燒，從背後攻向毫無防備的絢瀨。

他的憤怒、舉動理所當然。

錯的卻是大熊自己。

只因為這場戰鬥的參與者，雙方都是伐刀者。

如同大熊能夠操使風，絢瀨當然也擁有伐刀者特有的能力。

她的能力正是——

「慟哭吧——〈緋爪〉！」

〈緋爪〉能夠**擴大**刀傷。

「啊、喝!?」

以這能力為前提，擦傷也能致命。

絢瀨念出咒語，為伐刀絕技扣下扳機，霎時之間，大熊胸口的淺刀傷頓時撕裂擴大，深入胸骨。

劇痛足以斬斷大熊的意識，巨大無比的軀體噴灑大量鮮血，倒臥地面。

絢瀨看也不看大熊，緩緩走向在旁觀戰的藏人。

「你說誰覺得難搞？」

她仰望藏人，一邊冷哼一邊說道，像在回嗆對方剛才的發言。

藏人聳了聳肩——

「輾死一隻隨處可見的小雜碎，有什麼好樂的。那連擊跟慢烏龜沒兩樣，妳可是天天拿老子的連擊做功課，眼珠子當然跟得上。還是怎麼？妳希望老子稱讚妳好棒棒嗎？」

他臉上堆滿壞笑，手緩緩靠向絢瀨的頭。

「別、別說傻話了！」

絢瀨用力拍開那隻手。

接著閃躲似地撇開眼。

——那攻擊和藏人平時的太刀相比，簡直慢到有剩。

只因為自己在戰鬥中，的確不自覺升起這念頭。

◆◇◆◇◆

東京都新宿區。

這裡是日本的中央，也是深處。

這是東洋魔都。國內外莫大財富凝聚於此，人們渴望財富的欲望隨之而來，兩者在此處交織、盤旋。

從五彩繽紛的大道誤入巷弄暗處，法律頓時失去意義。

能在其中橫行無阻的不是正義，而是暴力。

這裡時時刻刻都在進行殘酷的物競天擇，唯有暴力值得依靠。

然而突然冒出一個龐大組織，驅逐原先盤踞的日本黑道與中國黑幫，成為這座暴力城市的霸主。那就是俄羅斯黑手黨〈德拉古諾夫（Dragunov）〉。

『上啊！〈爆拳〉！你今天一定要打倒〈女王（Queen）〉！』

『〈紅鐵〉，我今天可是把所有財產賭在你身上！輸了我就要你好看！』

新宿商業鬧區地底下。

有一座〈德拉古諾夫〉擁有的巨大鬥技場。

鬥技場內專門舉行外界嚴禁的伐刀者賭博賽事。

唯有地下社會才能享受賭博賽的樂趣。除了當地的小混混，小至喜歡刺激的觀光客，大至政治、財經界大老，會拿著逃稅後**不存在的黑錢**到場玩樂。

這座磨缽狀鬥技場可以容納三千名觀眾。這一天，鬥技場仍舊大客滿，下方擂臺正在進行七十名伐刀者的生存淘汰賽，所有觀眾為戰況狂熱不已。

『喔齁齁齁！礙事、礙事、別礙事！』

『哇啊啊啊啊啊！』

『太厲害了！他一口氣撞飛十個人啊！』

『不愧是〈女王〉！鬥技場的失控列車！』

『呃啊啊啊啊————！』

『剛、剛才那是什麼!?擦身而過的瞬間就把〈紅鐵〉剁成肉絲……！』

『那個戴防毒面具的男人是誰啊……！』

『是〈侍從(Jack)〉！鬥技場的〈開膛手傑克〉！』

『呼——哈——』

『鬥技場的正式鬥士果然很強……！』

『〈國王(King)〉今天明明不上場，這下會變成莊家全贏啊！』

『你們所有人聯手，快點幹掉那兩個傢伙————！』

一名高瘦身影待在觀眾席上方的貴賓室，隔著玻璃牆俯視下方戰況。

男子一襲鮮豔的紫色西裝。他正是鬥技場的負責人。

俄羅斯黑手黨〈德拉古諾夫〉首領，亞科夫。

「呵呵，七十名伐刀者齊聚一堂的大混戰，是不是很壯觀？全日本只有〈德拉古諾夫〉有能力舉辦這麼大規模的地下鬥技大賽。」

他自豪地低語，視線從擂臺轉向身後的人物。

「難得您蒞臨本鬥技場，真希望您也能下場參賽。您貴為〈解放軍(Rebellion)〉的〈使徒〉之一，或許能戰勝本鬥技場的正式鬥士啊——微笑先生。」

那名人物臉上刺著詭異的刺青，裹著斗篷。他嘖了一聲。

「亞科夫，少說蠢話。我才剛從窯子出來，哪能這麼引人注目？」

「呵呵，您竟然同時對上〈紅蓮皇女〉跟擊敗前者的〈七星劍王〉，也是夠倒楣了。」

沒錯。

這個男人名叫微笑，身後還站著十名長相凶惡的男人。這群人正是〈解放軍〉的實戰部隊。數個月前，黑鐵一輝、史黛菈·法米利昂以及其他破軍學生聯手逮捕了他們。

他們也是趁歐爾·格爾引發混亂期間，從監獄逃到這座鬥技場。

「話雖如此，日本的牢飯還稱得上好吃。您可以當作休了一段長假，不是嗎？」

微笑聽完亞科夫的調侃，皺起了臉，拳頭隱隱發顫。

「……我總有一天會讓那群小鬼償還他們犯的『罪』。但是現在要先解決手邊的麻煩。」

微笑當然想馬上報仇，但他沒辦法這麼做。

多虧歐爾·格爾幹的好事，他們的飼主〈解放軍〉實質上已經瓦解。

「〈解放軍〉總部成了那副鬼樣子，我們必須找到新的贊助商，不然哪有辦法混飯吃……你跟〈德拉古諾夫〉的『總部』談好了嗎？」

亞科夫點頭道：

「當然談好了……〈傀儡王〉擊潰〈解放軍〉中樞，迫使〈解放軍〉實質瓦解之後，〈解放軍〉勢力流向〈國際魔法師聯盟〉、〈大國同盟〉，維持至今的三國鼎立狀態正在改變。〈同盟〉的美國更是藉此強化最多勢力。」

歐爾·格爾殺死大多數〈解放軍〉最高幹部——〈十二使徒〉，不過當天有兩名〈使徒〉不在總部，逃過一劫。其中一人正是〈大教授〉（Grand Professor），他率領自己的派系回到母國美國，與其聯手。

「〈同盟〉當然是欣喜若狂，但〈同盟〉終究只是為了對抗〈聯盟〉而生的條約。〈同盟〉加盟國之間不如〈聯盟〉團結。總有一天，他們會彼此爭奪世界霸權，其中一名對手卻勢力遽增……假如用這種方式解讀目前情勢，『總部』也沒辦法幸災樂禍……他們非常歡迎微笑先生一行人。」

「太好了……！」、「原本還以為完蛋了……」微笑的手下聽亞科夫說完，紛紛鬆了口氣。微笑也有同感。他盯著腳邊，沒有露出表情，但稍微放鬆身上緊繃的氛圍。

「……果然在外就是要靠朋友。」

「畢竟您之前曾幫我們打掃過這附近，介紹工作這種小事就包在我身上。當然，我還是得收點仲介費。」

「順利的話，該付的當然會付。不過……越獄事件之後，國境比之前守得更嚴密，有辦法弄條安全的航路嗎？」

亞科夫聳了聳肩，表示沒問題。

「〈德拉古諾夫〉的潛水艇還在索馬利亞送貨，三天後就會回到東京。那臺可不是老古董，是最新型的高速潛水艇。海上保安廳那低階配備連漁船都搞不定，就算潛水艇露了行蹤，他們大概也應付不來——」

就在這剎那。

有個人類撞上亞科夫身後那道俯瞰擂臺的貴賓室玻璃牆。

「怎、怎麼回事!?」

巨響嚇得亞科夫回過頭去。只見渾身漆黑、頭戴防毒面具的人類栽進防彈玻璃——

「侍、〈侍從〉!?」

這名慘兮兮的伐刀者正是鬥技場的正式鬥士，同時也是莊家〈德拉古諾夫〉的成員。

『剛才那是什麼!?〈侍從〉被打飛到貴賓席了!?』

『那個穿著雨衣的小矮子！是那傢伙幹的！』

『那傢伙是誰啊！雨衣帽遮住臉，看不見長相，該不會是小孩子!?』

這狀況不只驚動貴賓室，騷動更是擴散整個會場。

所有觀眾的視線同時聚焦在打飛〈侍從〉的矮小身影——

「時間也差不多了，我們趕快收拾乾淨吧！」

矮小身影脫下雨衣。

雨衣底下是運動服與三角運動褲。

女孩有著健康的小麥色肌膚，不受控的亂翹髮型。她就是破軍學園二年級・兔丸戀戀。

緊接著——

「收到！」「知道囉。」「明白。」

另外有三人聽見戀戀打暗號，隨即一同脫下雨衣。他們分別是——

破軍學園二年級・碎城雷。

破軍學園三年級・葉暮桔梗。

破軍學園三年級・葉暮牡丹。

他們都是參與本次特別徵召的學生騎士。

『女的!?不對，參賽表上有那種等級的選手嗎!?』

『等等！快看那些傢伙的服裝，不會錯！那是破軍學園的制服！』

「在場各位，聽好囉！我們是破軍學園的學生騎士！這次參與特別徵召追查越獄犯，竟然撞見這種違法現場，我們不能裝作沒看到！現在開始，我們要動用特別徵召暫時權限，逮捕你們所有人！如各位所見，我們很強的，最好不要做無謂的抵抗！不想受傷就乖乖投降吧——！」

「嘖！他們已經找到這裡來了!?」

「……不，要說找，這也太快了些。他們恐怕是透過某種**因果干涉系**能力，才抵達這座鬥技場。不過——」

戀戀的警告清晰迴盪在喧囂之中。

微笑面露焦急。亞科夫則是無畏地笑道。

「區區四個人就闖進敵陣正中央，小朋友就是小朋友。」

他拿出智慧型手機，打開通話軟體。

接著透過鬥技場的音響設備，向下方的所有人宣布：

『全鬥技場工作人員，以及各位觀眾，〈負責人〉亞科夫在此通知各位。方才有幾個不識趣的小傢伙混進鬥技場。保全出現如此重大疏失，本人在此致上最誠摯的歉意。因此，本次淘汰賽暫時中止。賭金將全額奉還——取而代之的是，現在展開特別狩獵活動。獵物正是擂臺上的四名破軍學園學生。只要有人解決一頭獵物，〈德拉古諾夫〉將會向在場所有人員支付三萬賞金，給予致命傷的獵人則能獲得一百萬賞金。來，讓這些涉世未深的無知小鬼親身體會體會，法律在這座城市有多麼無力！』

『『『喔喔喔喔喔喔喔喔喔——————！！！！』』』

廣播內容令鬥技場的聲量隨即沸騰。

亞科夫提供賞金，使四人頓時成為在場所有人的共同敵人。

不只是淘汰賽的選手，在場觀戰的不法之徒攜手合作，接連從觀眾席湧進缽底，填滿擂臺。

畫面如同土石流。

四人面對敵意的洪流，人數顯得太過單薄。

本該是如此──

「〈黑鳥(Black Bird)〉──────!!」

『『呃啊啊啊啊啊啊啊啊啊啊啊啊!!!!』』

終究只是烏合之眾,空有數量。

他們太小看眼前的敵人。

這四人曾經以不敗之姿贏得破軍學園校內選拔賽,實力在破軍學園內榜上有名。

戀戀像是凸顯彼此的實力差距,發動「累積速度」之力──〈極速渴望(Mach Greed)〉。

踏步加速,轉眼穿梭擂臺,移動時的高速超越音速,她只靠音爆波,就拋飛那群有勇無謀的小嘍囉。

「哼哼!想抓我?抓得到就試試看呀!」

『這、這速度是什麼鬼!』

『越來越快了!眼睛完全跟不上!』

『混蛋!到底在哪、呃啊啊啊!?』

有些人耐力不錯,撐得住風壓,她隨即施展二馬赫的高速,一拳、一腳擊飛敵人。

戀戀在擂臺上來回穿梭,縱橫馳騁。

彷彿只靠她就能收拾所有人，但——

「喔——齁齁齁！怎麼一個個都像傻子呢！不就是個身手快了點的小猴子，竟然給人耍得團團轉。所以你們才一直打不贏我呀！」

這裡好歹是俄羅斯黑手黨的鬥技場。

並非所有鬥士都像孑孓一樣，一吹就飛。

這名禿頭彪形大漢的嘴脣塗得鮮紅，揍飛礙事的同伴，氣勢十足地站在擂臺上。

他舉起靈裝——一對裝有巨刺的大型盾牌，挑釁戀戀。

「誰會跟特別快的敵人比速度？只有笨蛋才會這麼做！來，小女生，妳就試試看，那細細的小手臂有沒有辦法打穿本〈女王〉的雙盾!?」

不過戀戀沒有中招。

她在原地跳步，避免減速，並且衝著〈女王〉吐舌頭。

「女王大人，我才不會上當咧。你自己剛剛也說了，笨蛋才會去挑戰敵人的特長。我就是要跟你拚速度!!」

戀戀說完，再次加速。

足夠的速度隨即帶領她抵達二馬赫的境界。

戀戀維持最高速，以〈女王〉為軸心，旋繞整座擂臺。

她等著〈女王〉追丟自己的那一刻，準備趁隙進攻。

〈女王〉面對對手干擾，不屑地笑道：

「嗯哼，妳得意得太早了呢，〈速度中毒〉(Runner's high)。」

「……！你知道我？」

「我們公司也經營〈七星劍武祭〉的簽賭，老早就收集了日本各地有潛力的學生騎士情報呢。我非常了解妳，包括妳的稱號，還有妳的兩個弱點！

第一點！妳最自豪的伐刀絕技〈極速渴望〉能累積速度，卻有個致命傷。一旦停下腳步，累積的速度就會歸零！所以攻擊藏不了虛招！攻擊速度再快，也只能直線進攻！

第二點！攻擊能量大小來自於速度乘以質量！不論小姑娘的速度多快，終究缺乏後者！我單手就能擋下妳的衝刺！更別說雙盾可以同時防禦兩個方向，所向無敵呀！」

〈女王〉判斷得十分正確。

他是一名身材壯碩的男性伐刀者，靈裝又呈現盾型，單手就能抵擋戀戀的衝鋒。即便戀戀從三百六十度擾亂對手，對方事先知道她出不了虛招，兩面盾牌就足以應付。〈女王〉經歷足夠的訓練，難不倒他。

盾牌一接下攻擊，就能消除戀戀累積的速度。

到時遊戲就結束了。

〈女王〉以及周遭的小混混不會讓戀戀有第二次機會累積速度。

她會當場慘死。

戀戀不否認這個下場，但是——

「呵，你說得沒錯——不過，你們的情報有點舊囉！」

下一秒，戀戀展開行動。

她畫出圓弧，軌道一轉，猛地攻向〈女王〉身後。

然而這死角取得太過單純，〈女王〉早有防備。

「小笨蛋！」

〈女王〉立刻應對來自身後的強攻。

他將其中一面盾牌舉向戀戀的攻擊軌道，完成防禦陣勢。

但是——

下一秒，〈女王〉的預想落空了。

戀戀原本可能正面衝上前，這時卻直接向上釋放魔力，跳到〈女王〉的正上方。接著她衝進研缽狀鬥技場的觀眾席——彷彿甩開地心引力，開始在鬥技場的牆壁、天花板四處奔馳。

「這!?」

「我當然明白自己的弱點！這點還讓我在校內選拔上吃癟了呢！

所以我才有機會思考！

我只要越往上爬，一定有敵人跟得上我的速度！

我又耍不了虛招，到時候該怎麼戰鬥？

戀戀大人的新伐刀絕技（New Special）就是答案——」

使不了假動作，那就增加攻擊角度，讓自己不需要假動作。

從以往的平面高速移動，變化為立體高速的靈活移動。

敵人必須應對的攻擊軌道也從平面的三百六十度，轉為以自己為中心的全方位角度。

自身化作一馬赫的子彈，疾走於周遭空間，上下左右，無所限制。

常人根本無法以肉眼追蹤——

「〈Δ部隊（Delta Force）〉————！！！」

戀戀從天花板奮力一蹬，拳頭自正上方直線飛向〈女王〉，毫無阻礙地刺進頭頂。〈女王〉的脖子垮了似的，半顆頭直接陷進體內。

「噗嚕噗嚕噗嚕……」

〈女王〉翻了白眼，口吐白沫倒地。

四周紛紛發出驚駭的慘叫。

『這、女、〈女王〉他！他輸了啊!?』

『不會吧！他只輸給〈國王〉過啊!?那種小不點怎麼有辦法幹掉他……！』

『混帳！這幾個小屁孩不得了！不能小看這些學生騎士！先從看起來夠弱的傢伙

© Won

開始，大夥一起上！』

『『『喔喔喔喔喔喔喔喔喔喔喔喔喔喔！！！！』』』

小嘍囉震驚歸震驚，卻沒有就此鳥獸散。

這股士氣來自於壓倒性的人數，他們至少多過敵方一百倍。

於是他們盯上手持鮮豔藍長槍的女孩，也就是葉暮桔梗。

◆◇◆◇◆◇

「嗚哇，他們往我這來了。所以他們以為我最弱喔！」

桔梗見局勢變化，忍不住氣憤。但這人數差距的確很有威脅性，這是事實。

雖然大部分惡徒都不是伐刀者，數百人形成一股濁流，強如伐刀者也不能小看這股力量。

即便有此前提——

「真是沒禮貌！」

桔梗仍然冷靜地持槍迎戰湧來的暴民。

她活用長槍的攻擊距離，快速刺擊，準確貫穿每一隻出頭鳥，讓對方失去戰鬥能力。

『『『唔啊啊啊啊！！！』』』

『不要怕！靠人數淹死她！』

就算長槍精準刺穿敵人，敵我數量差距依舊懸殊。丟個小石頭怎麼擋得住洶湧而來的潮流？同理可證，暴徒組成的狂潮並未停歇。但是，桔梗面對無數敵意，仍然不見膽怯——

——桔梗學姊最大的武器是速度，但面對攻擊距離比自己還短的對手，妳若是直接衝出去突擊，等於主動放棄自己的距離優勢。妳應該在戰法中加入「迎戰」的思維比較好。

她已經明白。

自己身為騎士，最值得信賴的優點。

（**我全力閃躲的時候，就是我最強的時候！**）

「〈瞬間加速〉……！」

『混蛋！每次快抓到她就溜掉！』

『逃個屁啊！膽小鬼！』

「一整群人追打一個弱女子，還敢罵人膽小鬼。」

桔梗無奈地笑道。每當濁流即將吞沒自己，她便發動〈瞬間加速〉，與暴徒集團拉開距離。

接著重複剛才的行動。

將先衝上前的人一一化為長槍的餌食，快抵擋不住就拉遠距離。

桔梗的能力〈瞬間加速〉最高速度不及戀戀，但使用上夠靈活，再者她不需要助跑，就能直接達到最高速，優勢類似〈比翼之劍〉。

她只要利用自己的強項維持守勢，敵人就無法輕易抓住她。

追打的那一方自然會開始焦躁。

而他們一旦焦躁──

『嘖！沒完沒了！那我就用魔法轟飛那小妞！』

伐刀者停下腳步，準備動用伐刀絕技──桔梗就在等這一刻。

「牡丹，就是現在！」

這一瞬間，桔梗的〈瞬間加速〉並非向後，而是往旁邊閃去。

她之所以往側面移動，是為了給身後的雙胞胎妹妹──葉暮牡丹讓出射擊路線。

「看招，〈千枚刺錐〉──！」

『『嗚呃啊啊啊啊啊啊啊啊啊啊啊啊啊！！！』』

射擊路線一清空，牡丹手握雙槍(Device)，朝著眼前散開的大批敵人來一次水平射擊。

下一秒，哀號大合唱震盪整座地下鬥技場。

十二發子彈附著牡丹的〈貫穿〉能力，射穿所有位於射擊路線的人類。

桔梗貫徹閃躲戰法，將敵方隊列拉長之後送上穿透射擊。

簡直就是用來一網打盡的組合戰法。

即便有人勉強逃過穿透射擊，仍被痛得倒地的同夥絆倒，或是捲入爆炸的伐刀絕技，接連失去戰鬥能力。

葉暮姊妹見到敵方的慘狀，成就感十足，樂得彼此擊掌。

「牡丹，NICE！」

「耶咿。就這樣解決——咦？」

不過，龐大陰影從上籠罩兩人的喜悅。

她們仰頭望去，上方出現身高超過十公尺的巨人。只見巨人表情嚴肅，舉起鋼棒——

「兩個小妞！少給我得意了————!!」

下一秒，巨人揮下鐵棒，連同葉暮姊妹一起劈開擂臺。

巨響震耳欲聾，隨之掀起塵土。

壓倒性臂力造成大範圍的毀壞，身處於其中的這名巨人正是——

『唔喔喔喔喔！是〈國王〉！』

『鬥技場的無敵之男！我們偉大的〈國王〉終於出手啦！』

亞科夫守候戰況，內心已經捏一把冷汗，一見到巨人登場，他才輕撫胸口，鬆了口氣。

「……真是的，〈女王〉倒下的時候還讓我緊張了一下，這下是勝負已定了。」

「這男人可真高大，用了伐刀絕技？」

「正是。〈國王〉的能力〈巨大化〉，可以讓自己本就高大的軀體再變大，最大多達五倍，力量單純卻強悍。他是鬥技場最強的正式鬥士。我看就連〈紅蓮皇女〉出馬也很難擋得下——嗯!?」

亞科夫的安心只維持片刻。

他以為〈國王〉確實將葉暮姊妹的性命與肉體砸個粉碎。事實卻不然，碎城雷以斬馬刀（Device）接下〈國王〉的鐵棒。

◆◇◆◇◆

「兩位學姊可都安好？」

「碎城學弟……！」

「還、還好。多虧你來了。」

「甚好——唔奴！」

碎城確認腳邊的兩人平安無事，隨即發動累積斬擊重量的伐刀絕技——〈蓄銳之斧〉(Crescendo Axe)。

他一把彈飛〈國王〉的鐵棒和那身巨軀。

「！？！？」

「國、〈國王〉被打回去了!?」

『那、那個光頭到底是什麼來頭……！』

至今只要那鐵棒往下砸，就能一擊打倒所有敵人。

然而碎城不只接下那驚人一擊，還讓身軀龐大的〈國王〉腳步不穩。暴徒不禁譁然。

碎城瞥了議論紛紛的暴徒一眼，不屑地說道：

「〈國王〉……君臨眾小嘍囉就能自立為王？這冠冕真是輕如鴻毛。」

「……！臭小鬼————！！！」

被稱為〈國王〉的中年巨漢聽見碎城的汙辱，太陽穴浮起青筋，憤而舉起鐵棒。

接著把鐵棒變得更龐大。

〈國王〉的肉體與靈裝同時巨大化，打算用最強的攻擊力對付對手。

碎城這番話似乎重傷這男人的自尊心。

他的面貌形同惡鬼。

碎城卻無動於衷，堅毅地站在原地。

「兩位學姊，請將此戰交付於吾。」

然而，牡丹一聽──

「可、可是碎城學弟的〈蓄銳之斧〉──」

她說出內心的擔憂。

不、她只說到一半，不過──

「無須多慮！」

碎城打斷她的話，舉起斬馬刀。

碎城對於後半段心知肚明。

她想說：「〈蓄銳之斧〉──不管用。」

沒錯，他一開始打退〈國王〉鐵棒的那一擊。

已經是〈蓄銳之斧〉最強的力道。

他的能力是累積斬擊重量，沒道理完全不蓄力就衝入敵陣。碎城到場時，刀上早已蓄滿重量。

這一擊卻只讓敵人向後仰了一下。

他沒能直接擊倒對方。

但──

（吾並非初次遭遇此情境……！）

碎城回想著。

校內選拔賽上，那敵人不耍任何伎倆，正面反彈碎城的臂力。

當時的震驚與絕望，仍然記憶猶新。

也因此——碎城早已備好對策！

「喔喔喔喔喔喔喔喔喔喔喔喔喔！！！！」

碎城以往只旋轉靈裝累積重量，現在卻平舉斬馬刀，以全身力道揮動這柄重量非凡的武器。

這就是碎城的全新刀招。

他與〈紅蓮皇女〉——真正的A級騎士一戰之後，得出答案。

（吾將那戰引以為恥……！）

自己並未完全活用累積斬擊重量。

〈蓄銳之斧〉以往頂多累積到十噸，這已是碎城的極限，重量再多，武器便會扯走身體。

但是現在回想起來，這行為實在愚蠢，簡直在扼殺自己身為騎士的優勢。

明明自己拚盡全力，都不一定能在A級騎士身上留下爪痕。為了半吊子的技巧放棄特長，根本不可能贏過真正的A級騎士。

既然如此——

（〈蓄銳之斧〉早已不敷所用！）

不成熟的自己所能操控的重量，太輕了。

那就別去控制。

放棄控制力道去形成招式，取而代之的是，刀上承載的重量遠超過〈蓄鋭之斧〉。

以全身迴旋斬馬刀的螺旋刀招──

「奴唔唔唔喔喔喔喔喔喔喔喔喔喔喔喔喔喔喔喔──────！！！！」

現在，灌注在刀刃上的重量已經超過十噸的十倍。

碎城已經無法控制斬馬刀，只是緊握刀柄，以免斬馬刀脫手。但是迴旋速度逐漸隨著重量加速，刀壓捲起了龍捲風。

『呿──！這刀壓太誇張了！』

『魔法也被彈開！太扯了，這什麼鬼力量！』

非比尋常的質量高速迴旋，形成風暴。這群惡徒面對這股風暴，無計可施。

就如同常人無力抵抗龍捲風的侵襲。

宏大的力量光是恣意肆虐，就足以構成壓倒性的威脅。

但是──

「這個、蠢貨啊啊啊啊啊啊啊啊啊！！！！」

尋常雜碎只能盡力撐在原地，避免自己被狂風捲走，〈國王〉可就不同了。他好歹是這座地下鬥技場的霸主。

他瞬間看穿碎城這招螺旋刀招的弱點。

弱點就是頭頂。

從旁邊觸碰急速旋轉的陀螺，一定會被彈開，但只要從上方壓住軸心，就能穩穩地阻止陀螺旋轉，不被拋走。

〈國王〉的體型遠比碎城龐大，這對他來說輕而易舉。

碎城得意地施展的這一招，在自己眼中卻是破綻百出。〈國王〉譏笑碎城，揮動巨大鐵棒。

準備從正上方擊潰龍捲風。

他的選擇沒有錯。

碎城這一招螺旋刀招，頭頂的弱點的確是致命傷。

要攻就要攻擊要害，這判斷本身十分正確。

錯就錯在他小看了碎城，以為這一招只是憑藉蠻力胡亂揮劍。

「全軍伏地！」

〈國王〉一動手，碎城也在同時間展開行動。

斬馬刀已經脫離自己的控制範圍。

但只要碎城絞盡全力──

——還是能轉動手腕！

原本平擺的刀刃，轉為直立。

霎時之間，原本平削空氣的斬馬刀改以寬大刀身重擊空氣。

刀刃迴旋就足以捲起龍捲風，以這股超高質量進行打擊。

打擊催生出一股空氣激流，其強度不再止於區區龍捲風，而是化作氣壓**海嘯**，將所有草木連根拔起——

這就是碎城雷最符合〈破城艦（Destroyer）〉之名的全方位殲滅型伐刀絕技——

「〈強音碎擊（Forzato Smash）〉——！！！！」

「「「～～～～～～～～～～！？！？！？」」」

緊接著，空氣海嘯以碎城為暴風眼，避過聽從信號趴伏在地的同伴，吞噬、重毆所有還站在擂臺上的人，壓斷全身骨骼。所有敵人頓時吹飛到觀眾席最上層，巨大的〈國王〉也不例外。

只用了一擊。

這一擊打倒了棋盤上所有的兵卒。

亞科夫只能驚愕地望著眼前的現實。

「不、不可能……！不過就是學生騎士，就算他們強到擁有稱號，怎麼可能連

〈國王〉都打不贏！」

「喂、喂喂，微笑老大！這裡是不是不太妙啊！」

微笑的手下察覺事態危急，開始鼓譟不安。

就在這時。

貴賓室的大門忽然被人踹開，一名部下衝了進來。

「老大！大、大事不妙了！」

「還用得著你說！我當然知道大事不妙！」

「不、不是！我不是說鬥技場那邊，請您快看逃生出口的監視器！」

部下說完，打開原本抱在側腹的筆記型電腦。

電腦螢幕上——

「——這、這什麼鬼東西——！？！？」

那副慘狀足以讓擂臺的種種相形失色。

◆◇◆◇◆

這裡是地下鬥技場的逃生出口。

這條通道用來緊急避難，或是招待不方便從普通入口進門的客人。

所以通道直通鬥技場中樞地帶。

也因此，通道平時就戒備森嚴，尤其是通往鬥技場的電梯前方。搭乘電梯可以直接從地面前往地底深處的鬥技場，所以電梯口總是有十五名幫派成員待命。成員手持改造軍用槍械，身穿特殊纖維服，全副武裝。槍械火力足以轟飛伐刀者，特殊纖維服則是防刀又防彈。

——而這十五名成員一見到**她**的身影，隨即明白自己該做何反應。

說得直接點，他們是專業的暴力人士。

所有人一眼就察覺了。

今天組織並沒有預定使用這部電梯，一名少女卻驟然現身，腳下的高跟鞋跟敲響電梯大廳。而她身上圍繞濃濃的鮮血氣息，足以讓人產生幻覺，誤以為那身純白無垢的禮服沾滿斑斑血跡。

「斃了她——————!!」

他們迅速做出決斷。

成員不顧少女身分不明，扣下突擊步槍的扳機，進行全自動射擊。

他們手上的槍枝裝有特殊高膛壓彈，可以貫穿伐刀者的魔力護壁，一發子彈價格高達二十五美金，十分昂貴。

無論這名來路不明的不速之客是什麼來頭，這份十足十的暴力必定能讓她斃命。

然而——

「為、為什麼射不死她!?」

少女並未倒地。

十五個槍口同時開火，只見她的裙襬以及金色長髮輕盈搖曳，沒有任何一發子彈命中。

「你、你們給我瞄準一點啊！」

「不、不對！我們沒射歪！是、是子彈消失了！」

幫派成員持續射擊了一陣子，終於發現事有蹊蹺。

假如子彈落空，子彈早就擊毀少女身後的事物。

但是，她身後完好如初。

子彈確實順著軌道準備貫穿少女，卻在中途消失無蹤，碰不到少女一根寒毛。

「她的確會使用能力！注意點！她不知道會搞出什麼攻擊！」

幫派成員個個面色凝重。

少女望著這群狼狽的大人，陽傘邊緣露出粉唇，淡淡一笑，邁開步伐。她的步伐筆直、緩慢且高雅，緩緩走向成員守在身後的電梯。緊接著——

「混蛋！站住！不准過——呃!?」

當少女與其中一名幫派成員的距離縮減到十公尺，異變驟起。
那名幫派成員忽然全身噴血，不支倒地。
「什……!?」
這異變不止於一人。
少女每前進一步，一人、又一人，一個個噴散血煙倒下。
而每一個倒地的成員彷彿遭受數萬刀劈砍，身上的特殊防護服碎成無數破布。
明明少女尚未拿出任何武器，只是向前走了幾步──
「搞、什麼！這、我們現在到底被什麼鬼玩意攻擊了!?」
他們一頭霧水。
少女若是像死神一樣手持大鐮刀，到處砍下每一個人的頭，這股威脅倒還算簡單明瞭。
他們也下得了決心對付她。
然而，少女驅使的力量並非如此。
這股暴力無影無形，讓人完全摸不著頭緒。
也因此，隨之而來的恐懼更加強烈、濃厚──
「噫、咿咿咿咿咿咿！我、我不幹啦啊啊！」
到最後，開始有人耐不住恐懼，拔腿逃跑。
幫派原本就沒什麼仁義、自尊，更談不上團結。

一有人崩潰，隊伍隨即瓦解。

電梯前的防禦陣勢開始潰散。

八名存活者當場放棄職責，奔向身後的電梯。

但電梯終究只是逃生用。

乘載人數僅僅五人，包括裝備重量，頂多載得了四個人。

「滾開！不要擋路！」

「超重了！你們給我去爬樓梯！」

「哪爬得到樓梯！等我們跑過去、呃啊啊啊啊啊！！！」

超重警示音響個不停，這群人同時進行同夥間醜惡的生存競爭。

但無形的凶刀接連削去彼此互罵的聲音，人數逐漸減少，直到他們將最接近門口的同伴踢出電梯，這場適者生存的戰爭才宣告落幕。

超重警示音終於停下——

「就是現在！快關上電梯門！」

「等、等一下，噫咿咿咿!?」

電梯內三人猛按關門鈕，還朝外頭射光剩下的子彈，完全不管倒地的同夥死活。

但他們的所有掙扎毫無意義。

電梯門的開關速度原本就設計得十分緩慢，以策安全。事到如今不可能因為他們處於生死關頭，就自動加快關門速度。

電梯門板在緊急時刻依舊慢得不得了——

「「咿!?」」

在電梯門闔上的前一刻，陽傘尖端忽地插進最後一點門縫。

緊接著，五隻纖指輕觸電梯門——緩緩拉開。

三人的視野逐漸放寬。

白皙奪目的禮服點綴鮮紅血斑，那名少女靜靜佇立在門口——

「各位真是失禮，怎麼能一看清淑女的容貌就倉皇逃走？」

少女向前踏出一步，走進電梯。

她的體重十分輕盈。

警示音並未響起，電梯門開始關上——

「「嗚、哇啊啊啊啊啊啊啊啊啊！！！！」」

幫派成員被逼進密室，卻繼續掙扎。

眾人從極近距離掃射子彈，想方設法擊退堵在門口的少女。

子彈仍然消失無蹤，傷不了少女。

——他們現在才終於明白攻擊的玄機何在。

他們在少女四周看見無數光芒，如同光彩奪目的紅寶石。

那是微小如粒子的刀刃，若不是沾滿其他幫派成員的鮮血，肉眼根本無從察覺。

少女的靈裝終於露出真面目。

她以粒子刀斬碎所有朝她而來的子彈，子彈變得比沙塵更細小，四散消失。

他們辨明了對手的招數，卻無計可施。電梯門終於闔上，同一時間，他們的意識墜入鮮紅深淵之中。

◆◇◆◇◆

「〈腥紅淑女(Scharlach Frau)〉……！連這種大人物都親自出馬……！」

亞科夫看著逃生口附近的監視器錄影，語帶顫抖。

〈腥紅淑女〉貴德原彼方。

她出身自日本的綜合企業集團──貴德原財團，家境僅次於風祭財團，本人又是日本稀有的B級騎士。

不但以學生騎士的身分參加數次特別徵召，單槍匹馬殲滅〈解放軍〉據點一事換來〈腥紅淑女〉之名，更在地下社會引發話題。

連〈解放軍〉這種正牌武裝勢力都下場悽慘。

黑手黨再怎麼巨大，終究只是以恐嚇維生，跟〈解放軍〉一比根本小家子氣，不可能對付得了這種強敵。

「喂，亞科夫！那臺電梯到這裡可沒多少距離！你打算怎麼辦！」

「……沒辦法，雖然有點可惜，只能放棄鬥技場了。」

「後、後門都成了那種鬼樣子，外頭還有那四個小鬼，哪還有地方跑？」

「沒問題。」

微笑等人慌忙地問。亞科夫淡淡答完，拿起貴賓室玻璃牆的鐵捲門遙控器，按下隱藏按鈕。

室內的酒櫃自動滑開，出現一扇設有電子鎖的暗門。

「這裡是貴賓室，當然設有逃生通道，好讓出事的時候可以讓重要人士逃到地面。跟我來——你們幾個準備對付〈腥紅淑女〉！拿桌子、沙發當路障擋住門口！」

「啊、是！」

亞科夫一聲令下，幫派成員立刻開始搬房間內的家具，準備架路障。但是——

「……怪了？」

就在這時，他們發覺異狀。

「房門口怎麼是開著的？」

下一秒。

房內的照明忽然熄滅，陷入黑暗。

「搞、搞什麼!?」

「老大，停、停電了！」

「少說蠢話！這裡停電會自動轉到緊急電源——難不成！」

亞科夫腦中浮現可怕的想像。

他奔向門口，凝神一看，打算否定自己的預想。

接著，他明白了。

這裡並沒有停電。

有人按下房門口旁的按鈕，關掉房間的燈光。

有人進了這房間——

「您就是這裡的負責人？」

「————!?」

聲音十分接近，彷彿氣息直接吹到臉上。

亞科夫發出不成聲的慘叫。

雷電在他發出聲音之前，早已竄過他的軀體。

亞科夫猛地一陣抽搐，當場倒地。

「妳、妳誰啊！」

藍白火花閃過漆黑，某處傳來少女的嗓音。在場所有人頓時驚覺有人入侵。

他們從漆黑中勉強捕捉入侵者的輪廓，槍口對準對方，質問其身分。

侵入者站在門口，擋住去路，雙眸寄宿電光，瞪視眾人——

「我是破軍學園三年級生，東堂刀華。」

她回答。

口中的姓名，早已隨著〈雷切〉名號一起廣為人知。

她面對無數槍口，不見畏懼，反問道：

「你是囚犯編號753號，微笑先生，對嗎？」

「嘖，果然追過來了！妳從哪闖進來的!?」

「我只是在你們發呆的時候，很平常地從門口進來。你們……大概不願意投降吧？」

「廢話，蠢貨！」

他們好不容易才從監獄逃出來。

壓根不打算投降。

何況是向一個學生騎士投降。

他們真要這麼做，自尊心恐怕會毀於一旦。

微笑裝備靈裝，舉起雙手，表示自己準備應戰。

幸虧他的視線趁對話的時候習慣黑暗。

方才眼前還只有輪廓，現在眼中確實看見那身破軍制服，這視野已經足夠自己大展身手。

「很好！臭小鬼，要來就來！我聽過〈雷切〉的名號，但妳不是〈七星劍王〉或〈紅蓮皇女〉那種怪物，本大爺怎麼可能輸給妳！就讓妳體會一下〈解放軍〉有多可怕！」

足夠大展身手——他的誤會實在無藥可救。

「就憑這點實力？你甚至沒發現自己已經中刀了呢。」

「什、什麼!?」

微笑聽見這句話，自己的腹部傳來一陣寒意。

他急忙低頭觀察自己，這才發現——

「怪、了，沒有刀痕？」

「好，你上當了。我現在才要出手。」

微笑的視線剛從腹部拉回前方，刀華無聲無息，從五公尺外瞬間逼近，手握纏繞電光的靈裝〈鳴神〉，擺出拔刀姿態。

「!?太卑——」

「何必對罪犯貫徹道義？」

下一秒，迅雷從刀鞘奔出，一刀斬斷微笑的意識，刀壓同時迸發，將房內所有人連同強化玻璃牆一起炸飛。

◆◇◆◇◆

「特殊徵召」。

這個制度將尚未成年的年輕男女推向前線，讓他們親身體驗你死我活的交戰現場，受到諸多批判。然而，嚴不愧擁有〈鐵血〉之名，他貫徹現實主義，不會顧慮自己的顏面。他迅速做出判斷，結果也證實他確實英明。

〈落第騎士〉、〈紅蓮皇女〉、〈浪速之星〉、〈雷切〉——

以前述四人為首，無數耀眼又年輕的可造之材彼此切磋、砥礪，打造出黃金世代。

他們的成果——可說是可圈可點。

其中又屬〈雷切〉東堂刀華率領的破軍學園學生最為出色。

他們在〈無法觀測（Fifty / Fifty）〉御祓泡沫的輔助下，準確找出越獄犯的躲藏地，展現迅速且壓倒性的強大實力，令大人瞠目結舌，接連鎮壓越獄犯，順便四處清掃當地的反社會勢力。

於是，越獄事件發生後一週內。

正巧與法米利昂戰役落幕同一時間。

聯盟日本分部在眾多學生的協助之下，重新逮捕九成越獄犯。

『——如前述，我們日本分部在這一週以內，重新逮捕九成以上的越獄犯。其他國家還處於〈傀儡王〉帶來的混亂，尚未恢復，只有我國如此迅速解決這場意外。這份耀眼成果，全都歸功於各位優秀學生騎士盡心盡力。我在此代表聯盟日本分部長黑鐵嚴，向各位表達謝意。非常感謝各位的協助。』

〈國際魔法騎士聯盟·日本分部〉。

這棟高樓大廈聳立在東京高級地段。這一天，參與「特別徵召」的學生騎士受邀聚集在大廈中的一間房間。在場有破軍學園、貪狼學園兩校，總計三十名。越獄事件對策室室長是一名神情溫和的中年男子，他向面前的學生鞠躬致意。

他繼續說道：

『多虧各位的努力，只剩下少數在逃的越獄犯，聯盟麾下的魔法騎士就足以繼續追捕。因此，本次「特別徵召」將於今日宣告結束。』

在場的學生聞言，鬆了口氣。

這次「特別徵召」自二次世界大戰之後，規模排行第二大，大部分成員是第一次接受召集。

他們在〈七星劍武祭〉或校內賽，經歷過真槍實彈的比拚，但對付真正不擇手段的壞蛋，又是另外一種壓力。無論實力如何精湛，終究只是學生，這份壓力絕對不小。

學生騎士壓抑內心的恐懼，努力協助收拾殘局。聯盟方當然準備了謝禮獎勵他們。

『有勞各位了。接下來，日本分部將會支付報酬，以感謝各位參與徵召。日薪是三萬日幣，會按參與天數計算。請至一樓窗口出示學生證，領取現金或是電子現金，請記得領取完報酬再離開。

另外，各位參與徵召耗費的暑假日數，分部將會通知各校予以補休，別忘記消耗這些休假。

以上就是日本分部本次的通知內容，請問是否有其他疑問？……沒有的話，今日會議到此結束。希望各位能度過充實的暑假，聯盟日本分部期待各位進一步鍛鍊自我與成長。』

騎士道的基礎是賞罰分明。

不能因為對方還是學生，就隨意對待。

於是，學生紛紛領取報酬，離開日本分部。

特別徵召的薪水對學生來說，可是一筆大錢，再加上終於脫離緊張情緒，眾學生走在回家路上，腳步顯得特別輕盈。人人都在計畫怎麼活用這筆臨時收入，盡情享受夏天。

不過，其中也有人太過認真，好不容易擺脫徵召，還在日本分部借用訓練設施，補回這幾天因實戰擱置的自我訓練。

〈雷切〉東堂刀華、〈腥紅淑女〉貴德原彼方也是其中之一。

◆◇◆◇◆

「呼──好久沒有洗澡洗得這麼悠哉了。」

刀華在聯盟分部的訓練大樓流了一身汗。她一邊沖澡，一邊對一旁的彼方說。

彼方聞言，點了點頭：

「最近幾天根本沒有好好休息。我的頭髮都揪成一團了。」

她摸著自己的長髮，皺了皺臉。

頭髮表層受損很嚴重，自己可能要和分岔的頭髮奮戰一陣子。

「彼方，畢竟是發生重大案件，不得不晚回家嘛。就是這種危機時刻，才需要我們好好努力。」

「可是就這樣解除『特別徵召』好嗎？不是還沒抓到所有越獄犯？」

另外一名破軍女學生在彼方身旁淋浴，擔心地低語。

她是綾辻絢瀨。她把攻擊綾辻道場的越獄犯送交聯盟，中途順勢參與特別徵召。

折木有里回答絢瀨的疑問。她這次擔任破軍的領隊。

「『特別徵召』下放權限給學生，原本就是非常時期的非常手段……既然魔法騎士足以應付剩下的狀況，學生本來就該乖乖退場喔。」

「是嗎？可是我覺得要幫就要幫到最後。」

「你們很習慣真槍實彈，但終究是在〈再生囊(Capsule)〉以及其他醫療設備完善的訓練場所裡打鬥。在沒有醫療設施的地點開戰，還是很危險的。」

在〈七星劍武祭〉等賽事上，周遭有人時時盯著，一旦參賽者出事就能隨時治療。受了重傷也很少留下後遺症，只發生過極少數的死亡意外。

真正的實戰就另當別論。學生跟敵人都是拚上性命，自然不會手下留情，更不會好心幫敵人治療。

不、他們甚至覺得對方死了最好。

萬一不慎被敵人俘虜，甚至可能慘遭凌遲。

通過正規考試的魔法騎士死於非命，可以當作殉職處理。但特別徵召來的學生意外身亡，徵召方就得為此負責。

這個制度對學生、對政府，風險都十分龐大。

這種狀況下，當然是盡可能不要動用特別徵召。折木這麼解釋。

「咳咳，總之逮捕罪犯是大人的職責，剩下的就交給我們，你們別管那麼多，悠哉過日子就好囉～難得的暑假，要好好享受青春啊。」

「呵呵，話說回來，綾辻學妹真厲害。」

「咦？怎麼說？」

絢瀨沖洗身體，臉上卻掛滿疑惑。刀華繼續說道：

「妳這次明明是第一次參加特別徵召，卻敢說願意繼續幫忙。我第一次參加徵召的時候怕得不得了，僵在原地，根本派不上用場。不愧是〈最後武士〉的女兒呢。」

「別、別這麼說……」

絢瀨個性靦腆，下意識擺出謙虛的態度，臉上卻藏不住喜悅。

自己在這次徵召中毫不畏戰，確實感受到自己的成長。

更別說〈雷切〉這麼強大的騎士開口讚賞自己，想不開心都難。

「但不只是家父的教誨，還要感謝黑鐵同學。是他矯正我的刀法，我才能自信十足地作戰。」

「哦？綾辻同學曾經向黑鐵同學學劍呀？」

「只有一小段時間而已，我學到一半，校內選拔賽就安排我對上黑鐵同學。」

「哎呀呀。」彼方一聽，忍不住苦笑。他們運氣真差。

「這的確很尷尬呢。」

「嗯……其實還有其他原因學不下去。黑鐵同學卻在那一小段時間裡看穿我的錯誤，我原本只會模仿父親，他卻幫我把刀招矯正成適合女性的套路。而且還從自己不成熟的刀招當中，尋得最終境界——〈天衣無縫〉，實在令人生畏。

「黑鐵同學真的好厲害。」

「他的刀法基礎是用雙眼建立起來的，本來就很擅長觀察。順便問一下，他是怎麼指導妳？」

「首先是矯正架勢……呃……哇哇哇！」

絢瀨正打算回答刀華，卻發出慘叫。

折木見狀，不解地問：

「綾辻？怎麼了？啊，難道妳哪裡受傷了嗎!?」

「不、不是、不是啦。」

絢瀨見折木擔心自己，趕緊否認：

「我只是想起黑鐵同學的指導方式……大腿有點癢癢的。」

下一秒，折木的鼻子發出悶響，直接噴鼻血。

「為、為什麼指導刀法會讓大腿癢!?黑黑黑鐵同學到底做了什麼!?」

「哇哇、不、不是老師想的那樣！他、他沒有做什麼冒犯的舉動！只是在教我舉劍、運用身體的時候，手稍微碰到身體而已！」

「啊、什、什麼啊，原來是這麼回事……」

「綾辻學妹，我個人稍稍有點興趣，黑鐵學弟碰了哪些地方呢？」

彼方問道。絢瀨則是回答：

「呃，手腕……腳、側腹……還、還有……大腿內側……之類的………」

「犯規——！黑鐵同學，這完全犯規！就算教師有教學需求，摸了那種地方一定構成性騷擾，會被判停職處分啊！」

「真、真的不是啦！黑鐵同學完全沒有那種意思，倒不如說他為了徹底矯正我以往的刀招，認真的不得了，責任感重到讓我覺得不好意思……是我自己反應過度！所以只是我太色了啦！」

「嗯哼，綾辻學妹，我很明白妳的心情。」

「貴德原同學？」

「黑鐵學弟的手大大的，粗粗的，又很溫柔、很溫暖，會讓人不小心心跳加速。我偶爾也會突然回想起被黑鐵同學抓胸部的感覺，有點悵然若失……♡」

彼方微微紅起臉，撫摸自己豐滿的胸部。

「咳呵！」折木見到彼方的舉動，換成口吐鮮血。

「黑鐵同學？老師那麼相信你，以為你是個認真、老實的男孩子!!你、你都已經和史黛菈交往，到底還對多少女孩子出手!?不可以啊！」

折木沒料到會聽到一連串的淫亂關係，嚇得雙眼轉成螺旋狀。

刀華看折木這麼慌亂，提醒道：

「折木老師，不要太把彼方的話當一回事。彼方不說謊，但有個壞毛病，她就喜歡扭曲事實，把一件小事說得天花亂墜。」

「咦？是、是嗎？」

「剛才她提到的那個，八成只是黑鐵同學跌倒，手不小心碰到她的胸部而已。」

「欸嘿，果然騙不過刀華呢。」

彼方微微吐舌，坦承自己惡作劇。

刀華說得沒錯，一輝的確揉了彼方的胸部，但沒什麼特別的涵義，一切只是意外。

「老師，您放心。黑鐵的確是老實的男性，不會隨便傷史黛菈的心。」

「呃咳、呃喝，真、真是的，不要嚇我。貴德原同學，不可以在史黛菈面前開這種惡劣玩笑喔。再有下次，老師可不饒妳。」

「當然不會。我答應過黑鐵學弟，要對史黛菈學妹保密。**我絕對不會告訴史黛菈**

學妹，除此之外就……」

「咦？難不成貴德原同學其實非常調皮？老師開始擔心了……」

「不過……俗話說英雄好色，美人自然也愛英雄。就算黑鐵學弟對其他花朵不屑一顧，史黛菈學妹還是越來越辛苦呢。畢竟……黑鐵學弟這次可是打敗〈黑騎士〉，已經是聯盟數一數二的英雄人物了。」

「「「──────……………………」」」

……彼方這番話，讓四人陷入一陣沉默。

一輝參與了之前的法米利昂戰役。

戰爭的前因後果已經透過聯盟傳到日本。

黑鐵一輝擊敗了〈B・B〉，〈B・B〉可是比碎城擊敗的敵人大上三十倍；他又單挑戰勝KOK・A級聯盟排行第四的〈黑騎士〉，還在打倒敵方首腦〈傀儡王〉一戰中起到關鍵作用。

聽說他因此陷入昏迷，但珠雫早就從日本前往救援。就她的說法，一輝再過幾天就會清醒。珠雫治療術精湛，她這麼說，代表一輝應該平安無事。

換言之，一輝以F級身分，在世界最高峰的戰爭當中戰到最後一刻。

如此壯舉，可說是前無古人，後無來者。

眾人重新認知到這個現實，忽然覺得話題中的好友距離自己十分遙遠，又是自豪，又是寂寞，五味雜陳，不由得說不出話。

「才過了短短一個月，忽然覺得自己被他遠遠拋在後頭呢。」

「……是啊。他已經和〈夜叉姬〉、〈黑騎士〉一樣，能在戰爭中獨當一面。現在一想到這麼厲害的人，曾經教過自己劍術，突然覺得很奇妙。」

在場所有人不知道世界上存在著〈魔人〉，但他們暗自認定了一件事。

〈七星劍武祭〉決賽。

一輝和史黛菈死鬥之後，體內產生某種變化。

折木關注一輝的時間，比在場所有人都久。她自然也有同感——

「……以前我曾經告訴過綾辻同學，是我負責黑鐵同學的入學考試。可是我當時說：『你不適合當騎士，希望你可以放棄。』而且這個想法在他入學之後，仍然沒有改變……不對，不是沒有改變。他剛入學第一年，身上越來越傷痕累累。我甚至每次見到他，每天都多一分擔憂跟後悔。但是——他以他的最強，否定了我的預想。」

就如同自己對他的請求。

他留下這麼重大的貢獻，折木不能再懷疑他的實力。

他的器量，早已超過自己能預測的範疇。

既然如此——

「黑鐵同學回國之後，我得向他道歉呢。」

折木心想，到時候她打算告訴一輝。

讓他聽聽，自己始終說不出口的那句道賀。

「……他一定會很開心。」

刀華聽完折木的話，微笑道：

「彼方，我們差不多該走了。」

她見話題告一段落，關掉蓮蓬頭，叫上彼方。

彼方回應刀華，再次向折木拜託道：

「折木老師，那我們先告辭了。剛才也提過，再麻煩您幫我們請假。」

「咳咳、咳呵……嗯，ＯＫ。我會通知學園，你們好好玩。」

「妳們要用補休去旅行嗎？」

絢瀨聽了兩人的對話，問道。

刀華點了點頭。

她的表情非常純真，就像一個期待遠足的小孩子。

「是呀，我們要去九州。但我們不算去旅行，比較像回老家呢。」

◆◇◆◇◆

刀華、彼方和絢瀨、折木分開，兩個人一起走出淋浴間。

她們剛出走廊，就遇到某個人物，讓她們吃了一驚。

「諸星同學！」

「喔，東堂，還有貴德原。好久不見……好像也沒那麼久。上次之後就沒見過妳們啦。」

〈浪速之星〉諸星雄大。

他就讀大阪的武曲學園，今年三年級，更是上年度的〈七星劍王〉。

今年他在第一戰對上〈七星劍王〉黑鐵一輝，經歷一番死戰後敗北。但是他直到最後的最後，都緊咬一輝的〈比翼之劍〉不放，讓對手不敢有一絲鬆懈，可見他的實力之高。

順帶一提，也是他在上年度阻斷刀華的封頂之路，彼此算是宿敵。

話雖如此，三年級的〈七星劍武祭〉已經結束，如今刀華也不打算拿舊仇找雄大麻煩，她沒這麼幼稚。

諸星笑容滿面地打招呼，刀華也回禮道：

「之前慶功宴謝謝你的招待。可愛的令妹最近還好嗎？」

「好得不得了。我才想說她終於能說話了，結果從早到晚吵個不停。真希望在那小鬼身上裝個音量調節開關。」

「你明明就很高興。」

「被看穿啦？」

諸星哈哈大笑。

刀華有感。這個男人原本就很愛笑，現在笑容又比去年更燦爛。

他這麼開心，或許是因為今年和一輝的比賽，妹妹小梅的失語症逐漸好轉。

「不過，諸星同學不是讀武曲？怎麼會在東京？」

「嗯？東堂妳這不是白問？今天當然是來領薪水啊。雖然我不是看中薪水才參加徵召，能領的錢還是要領一領。」

「大阪不是也有聯盟窗口？」

「是沒錯。領錢只是順便啦，我和妳師父約好……要在東京見面。」

諸星指著刀華，說道。

刀華的師父只有一個人。

那就是前次大戰的英雄——黑鐵龍馬的勁敵。

〈鬥神〉南鄉寅次郎。

不過——

「咦？刀華，南鄉老師不是——」

刀華知道彼方要說什麼。

諸星也是，他似乎早就知道了。

「對啊。」他聽了彼方的話，沮喪地垂下肩膀：

「我今天一大早才剛到東京，結果那個老爺爺卻不在日本，說是跑去搜索下落不明的總理大臣。我今天問了聯盟的櫃檯大姊才知道。」

「啊哈哈……真不巧。」

「就是說啊。」

「這時期來見老師，也就是說……諸星想和老師談的事，跟〈鬥神盃〉有關？」

刀華問道。諸星隨即點頭說：「對。」

「下屆〈鬥神盃〉預賽，就辦在明年的舊曆新年之後。我打算配合賽期，下個月就出國。想說在出國之前，聽聽看曾經的冠軍打過什麼樣的比賽，感受一下氛圍也好。」

「下個月就要出發？這麼早就要前往當地？」

「當然啦，貴德原。〈鬥神盃〉的預賽不像〈七星劍武祭〉，可不會讓參賽者乖乖在比賽會場比賽。〈鬥神盃〉預賽是生存淘汰賽，必須在指定區域生活，互相打鬥，直到剩餘人數達到預賽名額為止。有人會早上一大早上門，有人會半夜來陰的，可以和其他參賽選手聯手圍毆別人，甚至可以從外地叫幫手，什麼鬼花樣都有。不是當地人，又不去當地探勘，根本是去找死。」

「的確……」

「──────」

刀華佩服諸星面面俱到，也重新體會到，這就是他的強大之處。

諸星表面上勇猛果敢，內心卻非常深思熟慮，擅長頭腦戰。

他絕不會有勇無謀，構思層層戰略，引領自己走向勝利。

對他來說，〈鬥神盃〉從現在這一刻就開打了。

「……我不只是想要當地資訊，〈鬥神盃〉的氛圍也是重要情報之一。所以我才想在出國之前，直接跟有經驗的人打聽一下，結果卻撲空啦。」

「因為老師沒有手機……我代替老師向你道歉。」

刀華幫不了他，不禁愧疚起來。

諸星卻揮了揮手，毫不在意──

「沒差沒差，畢竟是國家的頭子失蹤了嘛。我參加〈七星劍武祭〉的時候，覺得那大叔可疑透頂，但是他還是比我優先啦。」

〈夜叉姬〉西京寧音正好去法米利昂出差，這期間又出這麼一個亂子，會勞煩〈鬥神〉出馬也是無可奈何。諸星能體諒這個狀況。

「更何況……我來這一趟東京，也不算白跑一趟。」

「咦？」

諸星的雙眼忽然間閃爍殺氣，令刀華兩人渾身泛起雞皮疙瘩。

這股氣氛，彷彿他正在擂臺上與人對峙。

但是他的殺氣並不是射向刀華兩人。

諸星的視線從刀華、彼方身上移開，走向兩人身後。

他來到走廊轉角，走到休息處的沙發前，向沙發上的人物搭話，語氣十分不客氣。

「呦，很久沒見到你啦。你跟這地方真是一點也不搭啊──〈劍士殺手〉。」

◆◇◆◇◆

「嗄啊？」

〈劍士殺手〉倉敷藏人坐在沙發看電視，忽然聽見有人出言不遜，太陽眼鏡後方的利眸狠狠瞪了回去。

他的眼神之凶狠，稍微膽小一點的人被瞪一眼，搞不好就僵在原地。

但諸星雄大好歹是曾經的〈七星劍王〉。

他無動於衷，直視對方，答道：

「沒想到會在這種熱血場所撞見你這頭狂犬。你是有什麼心境轉變嗎？」

「老子沒必要告訴你。」

「是沒必要。說實話我也沒興趣。」

「你討打啊？」

「正是。」

「……！」

諸星隨即抓住藏人的肩膀。

「不良少年改過自新的大戲已經是老招，我懶得聽。我感興趣的是**這方面**……去年你幾乎是直接放棄比賽，才輸給城之崎白夜，這讓我有點不高興。我就當你是個鬧彆扭的臭小鬼，沒什麼注意你的動向。不過今年你和莎拉·布拉德莉莉的比賽，倒是讓我興奮起來了。」

諸星心想。

今年的藏人懷抱堅持，去年的他完全感受不到這念頭。

曾幾何時，那股不受控的暴力有了確切目標，化為前進的力量。

堅持引領藏人進步。諸星去年從未想過他能成長這麼多。

自己和藏人的實力可能相差不遠。

不、甚至有可能——……

諸星感受到這點，更用力抓緊藏人肩膀——

「〈劍士殺手〉，我跟你沒什麼緣分，至今沒機會打上一場。我想在前往中國之前了了遺憾……在這裡碰到你也算是有緣，正巧旁邊就是訓練場。來幹一架如何？假如你有理由變強，我的長槍可不會讓你吃虧。」

他在這裡偶然遇見藏人，想給這個機會賦予意義。

藏人聽完諸星的挑釁，皺起眉頭：

「……無聊，老子何必陪你搞什麼美好回憶？蠢死了。」

「哎呀，別這麼冷淡嘛。我跟你不是感情挺好的？」

「煩死了，老子跟你幾乎是今天第一次見面……不過，老子好歹都參加徵召打發時間，結果全都是半吊子的雜碎，絢瀨一個人就清光了，我是有點悶得發慌。」

藏人抓住諸星放在自己肩上的手腕。

接著使勁握緊。

這股天生臂力直接讓諸星失去力道，拉開了他的手。

「唔……」

「有架送上門，沒道理不打。前任七星劍王，你倒是給我做好心理準備，旅行前受重傷可難過了。」

「……謝啦，我求之不得。」

於是，〈聯盟日本分部〉的訓練擂臺上，出現了〈七星劍武祭〉不曾實現的對戰組合。

◆◇◆◇◆

「真是的，我才一會兒沒看住你，怎麼就能搞出亂子來啦！」

〈浪速之星〉諸星雄大與〈劍士殺手〉倉敷藏人。

兩名騎士在訓練用擂臺上相對而立，絢瀨則在擂臺旁大聲抗議。

她沖完澡走出淋浴間，就看到自己的同門師弟擅自跟人約了比試，也難怪她會生氣。而且這場比試不知不覺傳開，現在聚集幾十名觀眾，裡面甚至有聯盟分部的職員，以及特別徵召來的學生騎士。

「我說了多少次，叫你不要在外面打架！你在外面打傷別人，爸爸可是要幫你負責耶！」

藏人顯現一對日本刀大小的白骨劍──〈大蛇丸〉。

「起頭的又不是我，是對面那個掃把頭自己說想幹架。對吧，〈雷切〉？」

他說完，把目睹前後經過的刀華捲進兩人的鬥嘴中。

刀華聽了，也點頭說道：

「是啊……更何況，這裡是聯盟的訓練用擂臺，又有老師當裁判，不算是私鬥。」

「唔～怎麼連學生會長都這麼說？那傢伙打起來一定會變私鬥啊。」

或許絢瀨說得對。

先不提藏人，這次是諸星自己要求比試。他的個性也稱不上乖寶寶。

不過──

「對不起。那兩個人現在究竟誰能獲勝？其實我身為一名騎士……也非常好奇這場勝負的結果。」

最讓絢瀨無奈的是，刀華的性子竟然比較接近場上的兩人。

這場勝負早就吸走她的注意力。

「刀華不是贏過〈劍士殺手〉？我記得是兩年前的交流賽上。」貴德原說。

「嗯，然後我完全沒有戰勝過諸星。換句話說，以〈雷切〉為基準推測，這場戰鬥會是諸星取勝──可是他們現在的實力已經和之前判若兩人，沒辦法當依據。更何況，騎士之間還有相剋問題。」

「……學生會長覺得哪邊會贏？」

絢瀨終於放棄說服對方。

她索性站在刀華旁邊觀戰。

刀華回答絢瀨：

「我不知道，所以我才感興趣。不過……單就我的推測，在相性方面站上風的——應該是倉敷同學。」

『喔，要開始了……！』

聞風而來的觀眾忽然鼓譟起來。

擔任裁判的折木站上擂臺。

她一邊注射點滴，補充剛才在淋浴間排水溝噴出的鮮血，一邊對擂臺上的兩人說道：

「呃咳、咳咳……呃～所以你們準備好了嗎？準備好就站到開始線上——」

但是——

「又不是比賽，搞那麼多規矩做什麼！」

藏人撇開折木，不等開戰信號就衝上前。

雖然只是一場模擬戰，藏人的舉動仍然失禮又野蠻。觀眾錯愕語塞，絢瀨更是抱頭說：「看吧，果然變成打架了！」

模擬戰還沒開打，諸星鬆懈地背對藏人。旁人根本來不及阻止，藏人拉近距離，揮動白骨劍。

一記強力下劈砍，即將敲破諸星的頭。

這記無賴速攻沒有得逞。

藏人本想率先進攻，挫一挫諸星的銳氣，卻忽地從諸星身旁跳開。

「——!?」

究竟發生什麼事？觀眾仔細一看，這才發現。

藏人的喉嚨微微劃了條傷，正在流血。

還有，諸星不知何時已經手握長槍靈裝〈虎王〉。

儘管諸星背後破綻百出，敵人又犯規搶先攻擊，藏人一踏進自己的攻擊距離，他瞬間施展精準無比的突刺迎戰。

「嘖……」

「你以為我沒有人喊『好了，開始！』就沒辦法打鬥？一個騎士不懂學生騎士（我們）的存在意義，怎麼有辦法當上〈七星劍王〉？你也太小看我，〈劍士殺手〉。再有下次，我就砍下你的腦袋。」

『哈哈，諸星果然厲害。』

『是啊，他堂堂正正面對對手。反倒是那個男人，跟條野狗沒兩樣。』

聯盟的職員看到一連串突發狀況，紛紛讚美諸星，鄙視藏人。

不過這個男人神經沒那麼纖細，根本不在意旁人眼光。

藏人臉上不見愧疚，重新舉劍：

「下次？剛才你怎麼沒真的砍下來？這就是你跟我的實力差距——**前任**王者大人。」

「少說屁話。」

「啊啊，怎麼都這麼調皮搗蛋！總之，開始比試！」

於是，兩人的比試順勢展開。

◆◇◆◇◆

「好久沒幹架了，就給對方好看吧，〈大蛇丸〉！」

藏人對自己的靈裝說完，如羽翼般舉起雙刀，奔馳而出。

藏人的靈裝〈大蛇丸〉能自由變化刀長，但是現在只維持在日本刀的長度。

原因在於綾辻海斗傳授的劍術，是以日本刀為基礎。更何況，藏人這名騎士戰法激烈，比較偏好近距離戰鬥。

「——……」

另一方面，諸星只是悠然地擺出架勢。

他手握〈虎王〉，微微壓低腰部，槍尖始終瞄準敵人的死穴。

諸星雄大的槍術，屬於「等待」的槍術。

當敵人的攻擊距離短於自己，絕不主動進攻。

他會靜靜等待敵人走進〈虎王〉的射程。

即便耗上數分鐘，甚至數十分鐘。

諸星不會像藏人一樣，拋棄自己的優勢。

他耐心十足，堅守絕對有利的位置，等待敵人自投羅網。

靜靜地，壓低身形，屏息以待——

彷彿一頭正在狩獵的猛虎。

但只有敵人位於射程外期間，才會見到猛虎的靜。

敵人一旦踏進可觸及的範圍——猛虎便會展露利牙。

「去！」

「————！」

宛如烈火。

連刺恍若烈焰，灼燒隨意踏足〈虎王〉攻擊範圍的愚昧之人。

諸星的刺擊經過嚇人的修練過程，已經深深刻進血肉，如同神經反射，幾乎不存在抽槍的空檔。

所有刺擊只出自一柄長槍，卻擁有槍陣（Phalanx）級別的壓制力道，直接將敵人趕出範圍之外，不容對手前進一步。

但他也不貪槍。

敵人完全變弱之前，絕不冒險。

他會繼續等待敵人再次上前。

保持自己的絕對優勢。

他沉穩又機靈的重複這種戰法，逼迫無數騎士魯莽猛攻，單方面消耗氣力，最終敗在諸星手上。

因此所有對付過諸星的對手，都深深體會到。

〈虎王〉全長僅三公尺左右。

踏出兩大步就能輕易跨越。

這距離，**竟遠得令人訝異**。

曾經占據日本顛峰的這個男人，間距奇深無比。

所有對手皆對他懷抱強烈敬畏。

然而──

「哈、哈！」

諸星現在的對手，可不會湧起這麼可愛的想法。

「原來，這長槍的確快。你的技巧是不賴，不過──在老子眼裡，根本像停住一樣慢啊!!」

他完全不怕諸星的絕技，再次大剌剌地踏進〈虎王〉的攻擊範圍。

一剎那，連擊再次襲來。但是──

「!?」

下一秒，諸星的神情緊繃了起來。

宛如槍陣的連刺。

藏人開始閃過每一次刺擊。

而且他沒有全身向後閃躲，也不慌忙。

彷彿只是在散步途中，閃避步道上的樹枝。輕而易舉。

「我認為倉敷同學對上諸星同學有利，有兩個原因。首先就是這個。」

刀華看著眼前的戰局，喃喃說道。

「妳說〈神速反射(Marginal Counter)〉？」

絢瀨一問，刀華點點頭：

「是。倉敷同學的閃避、防禦能力，在全體學生騎士當中稱得上數一數二。反之，諸星同學的槍術完成度相當高，但無論速度再怎麼快，槍再怎麼銳利，刺擊終究只是『點』的攻擊。倉敷同學的〈神速反射〉正好善於抑制『點』攻擊，諸星同學很難輕易壓制對手。」

「可是刀華，諸星同學還有〈帚星〉。**會彎曲的刺擊**，不但消除『點』攻擊的缺點，又能從中距離展現壓倒性的嚇阻力。他去年七星劍武祭也靠著這一招封住刀華。倉敷同學面對這一招，應該沒辦法輕易縮減距離才是。」

刀華聽完彼方的想法，搖頭否定。

「……諸星同學早就動用〈彗星〉了。」

「咦!?」

「來啊來啊來啊！怎麼啦!?你一直夾著尾巴，怎麼當上〈七星劍王〉的啊！」

「嘖！這傢伙一靠過來就煩死人啦！」

藏人靠著〈神速反射〉，以超高效率閃避長槍，逐漸侵蝕雙方距離。

諸星則是神情苦惱，向後退去。

彷彿他除此之外，無計可施。

不，事實上，他的確是逼不得已，只能後退。

如刀華所說，他早就動用〈彗星〉。

既然他沒有其他手段將藏人釘在中距離內，只能自己拉開距離。

「直接面對諸星同學的〈彗星〉，看起來的確像是會彎曲，實際上攻擊並沒有彎曲。他只是在出槍的同時使用手肘，一邊刺擊一邊改變刺擊軌道。只是因為他轉換方向的動作太過精湛、流暢，敵人在極近距離，無法看清諸星同學的行動，才會產生錯覺，誤以為攻擊會彎曲。」

〈彗星〉的真面目正是利用錯覺，趁隙攻擊敵人。

「但是倉敷有〈神速反射〉，他的反射神經超乎常人，更具備足夠的體能活用反射神經，**就算看起來會彎曲，還是來得及閃躲**。既然對手不會苦於〈帚星〉的虛招，這一招就僅僅是慢一點的刺擊。」

極速突刺〈三連星〉屬於點攻擊，對方容易閃躲，根本不當一回事。

〈帚星〉可以彌補〈三連星〉缺陷，卻根本對藏人不管用。

「諸星同學用來制霸中間距離的招數，幾乎全部失效……」貴德原說。

「〈神速反射〉在格鬥方面就是無比強大。但這部分還可以靠靈活應對來彌補……我認為諸星同學的另外一個不利因素更要命——……啊。」

刀華說到一半，忽然語塞。

眼前的戰況赫然大變。

藏人的壓力逼得諸星不斷退後，訓練場的牆壁已經近在咫尺。

他無法繼續退後。

藏人自然不會放過絕佳良機。

「哈！蠢蛋！〈蛇咬〉!!」

〈神速反射〉能在常人一次行動的速度內做出二、三次動作。藏人以異於常人的神速施展瞬間二連斬，並以雙刀同時出招，從四處同步斬向無處可逃的諸星。

諸星當然不會乖乖就範。

「咬碎一切吧，〈虎王〉——!!」

諸星此時發動最後的殺手鐧。

藏人的靈裝〈大蛇丸〉能夠自在伸縮刀身，諸星的〈虎王〉自然也擁有伐刀者專屬的伐刀絕技。

其名〈虎噬〉(Tiger Bite)。

槍身圍繞金色魔力光芒，能夠咬碎敵人的魔力。

靈裝是魔力結晶，這種魔法也對靈裝有效。

〈虎王〉從中段咬碎迎面而來的雙刀刀身。

「呃啊……！」

靈裝是伐刀者的靈魂形體。

屬於高濃度的魔力結晶，尋常攻擊根本傷不了靈裝。相對的，靈裝受損會直接對伐刀者本人造成心靈打擊。

這種衝擊太過強烈，有時只消一擊，就能直接切斷伐刀者的意識。

藏人的〈大蛇丸〉被吃掉一半，雖然沒有昏倒，攻勢卻沒了速度。

他差點直接跪倒。

諸星看準對手失速的瞬間，上前追擊。

刺擊瞄準眉間而去。

藏人勉強向後跳，刺擊撲了空。但原本中間距離內的攻防戰中，諸星終於轉守為攻，這個意義更為重大。

「蠢的人是誰啊？我的能力明明曝光滿多次，你還可以忘記。」

諸星舉起圍繞〈虎噬〉魔光的〈虎王〉，回嗆道。

「破壞魔力……對了，你的確有這麼個能力。」

諸星的追擊在藏人額上留下淺淺撕裂傷。藏人向後逃開後，按住額頭——譏笑道。

「這能力太無所謂，我根本不記得啊……！」

下一秒，〈大蛇丸〉彷彿靈蛇出洞，刀鍔直接長出刀身，填補被吃掉的長度。

藏人也重新握好劍，看起來沒受多少傷害。

「……！」

破壞靈裝原本足以給予伐刀者致命傷。

藏人接了招卻若無其事，不只諸星驚訝，周遭的觀眾嚇得倒抽一口氣。

「諸星的〈虎噬〉無效……!?」

「會長說的第二個不利要素，該不會就是指這個？」

刀華聽絢瀨一說，點了點頭。

「諸星同學的〈虎噬〉很強大，不僅可以破壞對手的伐刀絕技，甚至能破壞靈裝。靈裝是伐刀者的分身，靈裝一旦毀壞，連我都很難維持意識，根本無法繼續作戰。但前提是……靈裝必須碎成碎片。如果只是碎了一點，或是**削斷**一部分，並不會失去意識，頂多受到一定程度的衝擊。」

實際上，在七星劍武祭第一輪比賽當中，諸星的〈虎噬〉削斷一小段黑鐵一輝的〈陰鐵〉，比賽在那之後仍繼續進行。

「而且倉敷同學的能力是自由變化刀身。我不知道他變形的極限到什麼程度，但單看他和〈染血達文西〉的比試，那副白骨刀的全長，恐怕比看得到的部分大上幾百倍。只是稍微砍斷刀尖，根本無法給他的精神致命打擊。」

乍看之下，諸星的〈虎噬〉咬斷了一半靈裝。

其實他只切斷一點點大蛇的尾巴。

那副靈裝太過巨大，難以徹底擊碎。

無所謂。

藏人會這麼判斷，是理所當然。

刀華說得沒錯。對諸星雄大來說，倉敷藏人在體術、魔法兩方面都剋死他，稱得上最糟糕的對手。

殘酷事實擺在眼前，諸星再怎麼強悍，仍然失去所有的攻擊手段。

「搞什麼，你就靠在牆邊不敢上？槍術士，你待在那距離能耍什麼招……太沒勁了。」

諸星放棄進攻，呆站在原地。藏人見狀，不悅地譏諷完——

他改變攻擊手段。

「別以為我會繼續放水。老子可不是只能打近戰。你這麼想站在牆邊？可以，那就給我像個木偶，老實別動啊!!」

「————!!!」

〈大蛇丸〉的刀身伸長超過十公尺，從遠方揮動長刀。刀身如長鞭似地砍向諸星。

白骨刀刃破空而來。

諸星以〈虎噬〉進行連刺，準備再次咬斷刀身。

但是——

「咕啊啊!!」

藏人的〈神速反射〉天賦異稟，同樣的招數不管用。

〈大蛇丸〉的能力並非單純地伸縮刀身。

而是包括長度在內，自由操控刀身。

〈大蛇丸〉的白骨刀刃宛如靈蛇一扭，在空中轉變形狀。

刀刃彷彿有了思考，自動躲開〈虎王〉，在諸星身上留下一記袈裟斬。

至此，〈劍士殺手〉才終於發揮真本事。變化多端的攻擊範圍與刀路，一步步侵蝕敵方的守備範圍。戰局開始一面倒。

藏人的劈砍千變萬化，從遠距離一再進攻，諸星越來越難保護自己。

無數斬擊之下，諸星的身體血跡斑斑。

〈虎王〉的刺擊偶爾成功咬斷〈大蛇丸〉，但是與〈大蛇丸〉龐大的本體相比，心靈打擊微乎其微，難以挽回局面。

這簡直是虐殺。

擔任裁判的折木，神情逐漸險峻。

她在斟酌何時終止比試。

但是——

（連我這個局外人都能算到這個場面。）

刀華很了解諸星，她心想。

自己早就料到戰況會演變至此，足智多謀的諸星不可能沒算到。

他看似性情豪放，內心卻如同策士。總是會布下天羅地網，等待敵人落入陷阱。

他不可能低估敵人的實力。

他看過藏人和莎拉·布拉德莉莉的比賽，藏人的強大不言而喻。

諸星若是知道這點才挑戰藏人——

——他一定早有準備。

他構思某種方法，準備逆轉預料中的劣勢。

諸星的表情就是證據。鮮血染紅他的臉孔，溼黏的頭髮後方，雙眼仍然炯炯有神，那抹銳光並未黯淡……！

◆◇◆◇◆

——近畿地區。

武曲學園新聞社社團辦公室。

女學生急急忙忙打開門，走進辦公室。一名黑髮、戴眼鏡的少年，坐在辦公室的沙發上。她一開口，就對少年道歉。

「哎呀，抱歉，讓你等好久。」

「八心，妳還真有膽子，請人過來還讓人乾等。」

少年闔上小說，從眼鏡後方朝女學生——武曲學園新聞社社長八心拋去抗議的眼神。

少年名為城之崎白夜。

是去年七星劍武祭的亞軍，擁有〈天眼〉稱號。

「我特地從聯盟外派辦公室趕回來，就為了赴妳的約，結果妳居然遲到。」

「就說對不起了嘛。我會在報導裡把小白寫得很帥，給你賠罪囉。」

「不過……何必在這時候寫我的特輯？」

「嗯，我一開始是打算拜託諸星啦。結果諸星那白痴一聲不說就鬧消失，好像跑去東京了。小白是上年度七星劍武祭亞軍，諸星不在，下一個當然輪到你啦。」

「所以我只是雄的備胎？」

「別說得這麼難聽，我又不是臨時找不到人，才拿小白湊數。該怎麼說，就是代打中的王牌，救場代打啦。我很期待採訪內容喔。」

「……那妳還是找錯人了。拿我這麼乏味的騎士寫成報導，讀者應該不會喜歡。」

「是沒錯啦，小白算是行家才有興趣的類型。」

武曲有三名學生明星。

諸星雄大，城之崎白夜，淺木椛。

武曲在一年前的七星劍武祭獨占頒獎臺，臺上就站著這三人。

諸星擁有壓倒性的領袖魅力，椛則是可愛女學生，兩人各自擁有不少粉絲。

但白夜和兩人相比，只是用轉移能力讓對手出場，戰法不華麗，並不受大眾喜愛。

八心知道這是事實，也不用客套話蒙混過去。

不過——

「可以啦，偶爾也該登刊點這種報導。找小椛的確比較容易博取讀者目光，但老寫這種東西很無聊啊。小白總是很仔細觀察比賽對手，我希望用你的視角，寫一篇行家取向的深度報導。」

這是八心的真心話。

白夜一聽，感覺倒也不壞。

「……我答應在先，當然會配合妳。」

「謝啦！」

八心向白夜道謝，隨即啟動錄音軟體。

她開始採訪眼前人。

「好啦，第一個問題就切入核心。小白曾經獲得七星劍武祭亞軍，至今比過的對手中，誰讓你起過『這人很強』的念頭？」

「我覺得很強的對手啊。」

「果然還是今年對上的〈落第騎士〉嗎？畢竟他是本屆〈七星劍王〉，前不久還在法米利昂戰役打敗〈黑騎士〉。小部分人開始稱他為〈劍神〉，他的表現確實配得上這個稱號呢。」

八心這番話令白夜苦笑了一下——

「的確，我在他面前甚至撐不過一分鐘。」

不過，他卻給出否定答案：「但要說我覺得誰最強，可能不會選他。」

「是嗎？」

「黑鐵的確強大。他在學生騎士裡恐怕無人能敵。不過從我個人主觀來看……我覺得雄比他更可怕。」

「是諸星喔？」

白夜緩緩頷首。

「該怎麼說，我確實明白自己輸給黑鐵的原因。我在上場前的預測就已經敗給他。讓我稍微找個藉口，假如不是正巧一天需要連戰兩場，我們的比賽結果應該會有些許不同。」

「這麼說也是。」

那場比賽包含主辦委員會的考量在內，出現太多突發狀況。

突發狀況延伸出一般比賽不需要的較勁，這是事實。

用那場瞬殺大戲當成依據，推測彼此的實力差距，未免太殘忍。

「包括黑鐵在內，我至今只要打輸對手，一定會努力反省，自己該怎麼努力，才能更上一層樓。尤其是輸得特別悽慘的比賽，更是用力反省。我通常不會輸給大部分的人第二次，可是……一碰上雄，〈浪速之星〉諸星雄大，就不管用。」

白夜說著，皺起眉頭，露出苦澀的神情。

「八心也知道，我會事前仔細調查對手，仰賴事前情報作戰。而我和雄是同學年，經常見面，也比過數不清次數的模擬戰。不會有人比我更了解雄——但是，我卻一次都沒贏過他。」

「……說起來，的確是耶。」

就如本人自述，白夜的強項在於對付第二次照面的對手。

官方戰績中，他若是碰上曾經輸過的對手，勝率超過九成。

但是對手換成諸星，白夜比上千百次也拿不下一勝。

「我太了解他了。事到如今也不再反省自己有哪裡做得不好。我面對雄，總是挑選最適當的行動。這些戰法明明可以取勝……雄卻總能在最關鍵的時候超越我的選擇。他的行動與判斷，總是超出我手中的資料與預測，直接顛覆我的戰略。」

他並不是有所成長。

而是事前收集的資訊根本無法預料，突如其來的**異變**。

無論白夜規劃再縝密的計謀，從情報推測出諸星的實力，構思出他現階段無力應付的方法，諸星仍然在關鍵一瞬間找出白夜的死穴，毀掉整個策略。

那男人的**靈感**總是驟然間、毫無徵兆就冒出來。

很難歸類於觀察力，也沒有經過思路整理，只是莫名其妙閃過的必然，不合理地看穿一切。

任何道理或資料都無法解釋這個現象。

城之崎白夜是這麼評價：

「〈殺手本能(Killer Instinct)〉。那男人**天生就看得到我們不曾目視的事物**。所以我認為那男人比任何人都可怕。」

◆◇◆◇◆

「〈虎噬〉——!!」

「再來幾次都一樣！你差不多——!?」

〈劍士殺手〉從遠距離單方面一再進攻，此時戰局忽然異變驟生。

諸星原本一面倒地「挨打」，〈虎噬〉咬斷〈大蛇丸〉時，敵人露出一絲破綻。他忽然趁機向前衝。

他奔向藏人，迅速縮減兩人遙遠的距離。

但是——

「耐不住痛苦，自己出籠了是吧？但你整個人跟破布差不多了，還能玩什麼把戲……！」

藏人對戰局變化無動於衷。

方才的攻防已經給對手足夠傷害，更重要的是——

「中距離也是老子的有效攻擊範圍啊!!」

沒錯，他比起遠距離，更擅長在中距離打鬥。

藏人見諸星靠近，縮短〈大蛇丸〉。

刀身恢復日本刀的基礎大小——自己也邁步向前。

「喝啊啊啊啊啊啊!!」

「————」

雙方攻擊間距重疊，刀刃相交，噴灑火花與聲響。

每次衝突，便會四散些許諸星以〈虎噬〉咬斷的白骨碎片。

但是〈大蛇丸〉的全長過於巨大，這只是輕微小傷。

藏人的出招次數與閃躲精準度，逼得諸星漸漸轉攻為守。

「太魯莽了。〈神速反射〉必定能壓制敵人由先轉後，輕易上前只會……」

沒錯，被迫轉攻為守，本來會這麼演變。

然而——

「!?等等！狀況不太對勁！」

「喔、喔!?喔喔喔喔!?唔、怎麼回事!?」

雙方於中間距離二次衝突。

〈劍士殺手〉開始招架不住。

刀華等人身處外場，從他們的視角完全看不出原因。

諸星的動作並沒有顯眼變化。

藏人的神情卻十分嚴峻。

他似乎很綁手綁腳，揮劍的方式也十分保守。

緊接著，終於——

「哈啊啊啊啊！」

「呃啊!?」

藏人側頭部飛濺鮮血。

〈虎王〉的槍尖微微劃傷他的左太陽穴。

藏人戒心大響，大步後退。

彷彿被人踢出自己擅長的中間距離。

諸星染血的臉孔挑釁一笑。

原本迫於防守的他赫然改變戰局走向，絢瀨等人、周遭觀眾的臉上，盡是藏不住的疑惑。

「藏人被反擊了!?」

「可是諸星同學的動作沒有什麼變化，他是怎麼辦到的……」

若是變化再明顯一點，他們還比較好理解。

諸星的槍術仍然以突刺為主，沒有太大改變。

在場每個人更是一頭霧水。

他們不明白，究竟是什麼原因逼退藏人？

但其中還是有人察覺個中道理。

一個是折木，她擔任裁判，只有她從最近距離觀察比賽；另一人則是刀華。

「……真是敗給他了。」

「刀華？」

「我終於明白了。跟〈浪速之星〉（你）打成持久戰，實在太危險了。」

◆◇◆◇◆

「我可是要陪你打你最喜歡的近距離戰，跑什麼跑？繼續打啊……！」

諸星見藏人退後，朝擂臺一蹬，追了上去。

另一方面，藏人明顯提防諸星，不再毫無防備地靠近，雙刀交叉在前，採取防禦姿態。

觀眾不懂這齣逆轉大戲的前因後果，但現在最混亂的其實是藏人。

（搞什麼!?發生什麼事!?）

敵人的攻擊以突刺為主，雖然由守轉攻，除此之外沒有別的變化。不對，速度因為體力耗損，比開戰之初慢上許多——但是——

「咕——!?」

（擋不住……！）

〈神速反射〉、他居然來不及應對。

〈虎王〉的槍尖再次撕裂藏人的皮肉。

這次換成臉頰。

要不是藏人扭頭閃避，槍尖可能會直接貫穿兩眉之間。

「他媽的——！！！」

藏人憑著天生體能全力揮劍，試圖阻止諸星的攻勢。

（再專心點！專注去看對手的動作！老子一定打得掉所有突刺攻擊！注意長槍軌道，直到最後——）

但是——

「嗄？」

他全神貫注，仔細觀察，凝視諸星的行動。

他明明確認對手並未進行突刺。

霎時間——

藏人感覺冰冷、尖銳的刀刃觸感滑過臉部。

「唔咕、啊啊啊——！？！？」

藏人的皮膚一有感覺，猛地扭過頭。

他勉強避免自己成了串燒，槍尖卻深深劃開臉頰，順勢扯掉左耳上半部。

灼熱的痛楚與耳鳴隨之而來。

他從劇痛中清楚明白。

自己並非漏看敵人的動作。

（我根本……**完全看不見！**）

藏人的推測非常正確。

「彼方，綾辻學妹，你們知道『盲點』嗎？」

「當然知道。」

「好像很常有人用盲點來形容預料之外的事。」

「是。我們經常聽到這種比喻。不過『盲點』也是生理學用語，人類即使身體健全，眼睛還是存在**完全看不見的部分**。」

「咦？也、也就是說，我也有囉？」絢瀨問。

「是的。人類的眼球存在感光細胞，還有連接眼球與腦部的視神經。感光細胞會感應光線，再透過視神經傳遞。視神經的入口稱為『視神經盤』，這部分並不存在感光細胞。換句話說，人類無法感應投射在視神經盤上的光線。」

「難、難不成諸星學長是瞄準那一處進攻？」

刀華點頭。正是如此。

他明知道自己無法進攻，還故意停留在遠距離，就是為了一邊防禦，一邊觀察對手會應對、閃避哪一種角度的〈虎噬〉。

諸星苦苦承受激烈攻勢，一點一滴縮減可能性，終於找出來了。

〈劍士殺手〉的盲點。

「我曾經和諸星交手，所以我很清楚，諸星的突刺會以最短距離，直線刺過來。所以站在正面很難看清他的動作，也很難卸招。如果他刻意刺向視野缺陷，對手根本沒辦法察覺出槍瞬間。」

足以刺穿針孔的攻擊精細度，經過漫長的嘗試、不斷碰壁，終於達到兼具最小動作與最高效率的精密動作。

諸星故意拋棄最能活用長槍距離的面攻擊——「撥」，專注鑽研單點「刺」，只有他才能習得這種絕招。

「他的〈盲點刺擊〉和〈抽足〉不一樣。〈抽足〉是讓人**無法察覺**原本看得見的動作，〈盲點刺擊〉卻是針對人體原本就存在的視覺缺陷，**常人原本就看不見攻擊**，所以不存在解法。看不見攻擊，也就無法應對。諸星同學用這一招，徹底封鎖倉敷同學的〈神速反射〉。」

諸星渾身染血。

他付出的代價的確龐大。

但他並沒有白白挨打，而是確實獲得同等的收穫。

「唔、該死的、少給我得意啊——！」

藏人也不會就這麼束手待斃。

諸星再次逼近。他伸長〈大蛇丸〉，牽制對手——

（這混蛋會搞出看不見的突刺，雖然他不知道怎麼出招，但是——）

側頭部灼燒般地疼痛，讓他明白。

對方的刺擊肯定會瞄準臉部。

他是針對盲點出招，攻擊軌道有限。

儘管諸星的動作再怎麼精細，讓人難以追蹤「出槍」時機，只要多看幾遍，靠著肩膀、衣服的皺褶就能掌握對方的起步動作。

既然如此——

「老子才不會一直中同一招——！」

藏人往旁跳步，躲開刺擊。

他看不見，代表攻擊就是從**那裡**來。

他只要抓到感覺，就能輕易閃避。

藏人躲過諸星的〈盲點刺擊〉一次、兩次，開始準備反擊。

（這傢伙的連刺表面上看不出空檔，實際上是用三、三、三的節奏出招。）

諸星每三次刺擊，就會有一眨眼的空檔，調整呼吸與姿勢。

要進攻就要看準這個空檔。

也就是說——

（第三發攻擊之後就是機會……！）

藏人一如前兩次，往側邊跳步，閃過第三次攻擊。

緊接著大步向前，揮動〈大蛇丸〉砍向諸星。

——就在這一剎那。

槍身靈活一扭。

〈虎王〉的槍尖一個彎曲，捅進藏人側腹。

「嗚、呃啊！？！？」

〈盲點刺擊〉——這招看不見的刺擊的確有效，但只要習慣攻擊節奏，並不難閃避。

看不見攻擊，代表攻擊本身就存在於看不見的位置。

藏人的推測十分正確。

然而在藏人**搶先**閃避隱形刺擊，〈盲點刺擊〉就已經達到效果。

藏人必須以〈神速反射〉，在攻擊抵達前的最後一刻拖住敵人，並以最低限度的動作閃避攻擊，才算是活用壓倒性的閃避與防禦特性。

無論藏人有多迅速，閃避之後行動一定會變得草率。

諸星成功誘使他搶先閃躲，〈神速反射〉就失去作用了。

刀華口中的封鎖〈神速反射〉，就是這個意思。

〈神速反射〉一旦失效，諸星至今遭到扼殺的武器就能重新發威。

〈帚星〉——這個絕招能在中間距離，完全掌握戰局。

「嘎、啊、啊啊啊啊啊！！！！」

側腹的一擊成了契機，優勢一口氣倒向諸星。

〈帚星〉驀地從盲點冒出並追擊，藏人完全無法應付。

這個結果理所當然。

原因在於藏人至今完全沒發現〈帚星〉的意義。

高超天賦讓他把軌道不規則的〈帚星〉，看成**普通的刺擊**。

不——諸星早就設想到這一點，編進這場比試的戰術之中。

他將凶刀藏在敵人的判斷之中，在關鍵之處奮力一刺。

諸星的戰術不只包括自己的能力、招數，甚至囊括自己的弱點與敵人的優勢，細膩地掌控整場比試的流向。

這就是前年度七星劍武祭霸主，諸星雄大。連黑鐵一輝都百分之百信任其高超的掌控能力，直到最後一刻都不曾鬆懈。

諸星的攻擊範圍，即為前往七星之巔的距離。

這段路途——絕對不輕鬆！

「哼、唔、～～～～！」

藏人無法閃避〈帚星〉，只能以刀抵擋。

但這只是無謂的掙扎。

〈虎王〉附著〈虎噬〉，魔力結晶體**根本接不了招**。

無法閃躲。

無法防禦。

他只能一味逃離〈虎王〉的攻擊範圍。

但是，諸星可不會功虧一簣。

他正是找出確切的勝跡，才轉「守」為「攻」。

於是——這一瞬間終於到來。

兩人立場互換，這次輪到藏人被逼到牆邊。

他再也逃不了了。

諸星自然會在這一刻出招。

他催動自己的最高速，準備一決勝負。

諸星的攻勢如冰雪般冷靜，又彷彿烈火般凶猛——

「……全國排行前段班果然好厲害。我根本比不上他。所以我更不甘心……」

絢瀨靜靜看著比試——低聲說道。

「前七星劍王這麼強，那傢伙又這麼討厭，我卻**想像不出他輸給**前任七星劍王的場面。真的好不服氣。」

「咦？」

這是什麼意思？

一旁的刀華來不及問出口。

因為下一秒——發生了難以置信的景象。

「嗄!?」

場上傳來諸星的驚呼。明明他已經出手，準備給對手最後一擊。

他瞪大雙眼，視線前方就是他驚呼的原因。

藏人以牙齒咬住〈虎王〉的槍尖。

他面對沿盲點而來的隱形刺擊，居然沒有**躲開**，而是**一口咬住**槍尖。

「糟……」

諸星急忙想抽回長槍，震驚卻使他慢了一步。

藏人放開右手的靈裝，搶先抓住〈虎王〉的槍柄——

——一把拉向自己。

他憑著蠻力，全力一拉。

倉敷藏人的〈神速反射〉，以及足以掌握能力的體能——也就是瞬發力，全都是與生俱來。

是神明恩賜的天資。

瞬發力主要呈現在腳力與臂力。

在日本的學生騎士中，恐怕只有史黛菈和王馬兩人贏得過藏人的臂力。

諸星雙手並用也抵擋不了拉力，抽槍時又握得太用力，身體頓時被往前拉倒。

他全身頓時赤裸裸地暴露在藏人的瞬間二連斬〈蛇咬〉之下。

◆◇◆◇◆

「嘎、哈啊！？！？」

「諸星同學!?」

一鼓作氣打倒他。

當勝算在內心描繪出明確的路線，諸星才徹底轉為「攻勢」。

也因為路線太過明確，藏人的反擊直接翻轉整套策略，諸星來不及臨機應變。

藏人劈砍時稍微減弱握力，諸星勉強趁機抽回〈虎王〉，向後退去，他的行動卻慢了一分。

〈大蛇丸〉的鋸齒刀刃在諸星胸口劃出十字，傷口極深，諸星忍不住單膝落地。

（為、為什麼……!?）

精神打擊遠比身上的傷口嚴重許多。

他應該完美掌握藏人的盲點角度。

藏人不可能看見從盲點來的刺擊。

只要他還是人類，絕對看不見。

再加上諸星每一次刺擊都會改變速度。

他不只調整初速，也包括變化加速程度與最高速。

宛如隨機的攻擊動作早已烙印在血肉裡，不讓自己的攻擊保持一定節奏。

對手不可能用牙齒接下自己的隱形刺擊。

太莫名其妙了。

藏人成功接招的可能性根本不存在。

但是——

「為什麼你反應得過來!?」

諸星驚愕地問。藏人的嘴角微微裂了個口，他擦去嘴邊的血，淡淡說道。

「誰知道。」

「你說什麼……!?」

「老子只是感覺自己接得了，沒別的理由。」

「……!」

他的理由太隨便，連藉口都稱不上。包括刀華在內的所有觀眾頓時說不出話。

只有一個人除外。綾辻絢瀨太了解藏人了。

「會長，我很討厭那傢伙，我和他之間有太多恩恩怨怨。可是……就算我再怎麼不情願，和他一起修行之後，我就明白了。他是『暴力的天才』——不管對手的技巧、戰術有多出眾，他總是能用蠻力打垮一切。」

預料之外的反擊令所有人屏息。藏人露出犬齒，獰笑道：

「老子根本不知道自己的眼球還有看不見的地方，也沒想過有人能把那種比針孔還小的地方當作破綻進攻。很好，諸星，我就承認你和那傢伙一樣，值得我盡全力痛宰……！」

緊接著，藏人做了至今沒有的舉動。

他撿起脫手的〈大蛇丸〉，左右雙刀的刀身沒有伸長，而是**極端地縮短**，只剩下偏大的匕首大小。

諸星見狀，一陣寒意竄過皮膚，渾身寒毛直豎。

雙刀縮短到實用長度的極限，是為了提高連擊效率。

他在七星劍武祭，與莎拉·布拉德莉莉的比賽尾聲，曾經展現過那一招——

「勸你最好皮繃緊一點，不然——打沒幾下就結束啦！！！」

◆◇◆◇◆

『喲，臭小子，我看過七星劍武祭了。』

七星劍武祭結束，學生回到東京以後。

倉敷藏人在自己租的公寓前面遇見客人，十分難得。

來者是劍術家，也是藏人的師傅。

綾辻絢瀨的父親，綾辻海斗。

他平時不會離開道場，更別說是拜訪藏人家。

『大叔，你來幹什麼？特地來挖苦我嗎？』

『是啊。』

『你認真的？』

他沒想到對方會承認。

藏人吃了一驚，對方一大把年紀，居然為了這麼幼稚的目的拜訪自己家。海斗對他說：

『沒想到你這小子這麼老實。』

『嗄？』

『我是教了你綾辻家的劍術，但壓根沒打算讓你繼承綾辻一刀流。』

『你到底想說什麼？要說就說清楚！』

藏人遲遲參不透海斗的言下之意。

他已經因為打輸比賽焦躁透頂，一把揪住海斗衣襟，語氣更是粗暴。

海斗無動於衷，語帶無奈地說：

『我的意思是，綾辻的劍術對於我或絢瀨，算是一種「法門」，但對你來說不過是「道具」。包括〈天衣無縫〉在內，綾辻流派的劍術全都著重在防禦。是以後為先，強調「承接」的劍術。你可是拿著木棒，不留情地毆打一個將死的病人。這種臭小鬼怎麼可能耐得住性子「承接」？』

『……！』

『稍微有點天分，不完全是好事。學不適合自己的技術學個半吊子，反而會忘記自己的本質。

藏人，你並不是想成為綾辻的劍士，才向我下跪求教，不是嗎？

把最原本的自己灌注在刀上。不需要糾結，不需要煩惱。你那份純粹的凶暴，曾經重新點燃我的心靈，何不試著用你的粗暴施展綾辻的劍術？

這才是你的——專屬於你的〈天衣無縫〉。』

「喝啊啊啊啊啊啊啊！！！！」

「咕嗚、唔唔唔……!!」

藏人手握縮到最短的〈大蛇丸〉，邁步上前。

雙刀使得攻擊效率發揮到極限。

諸星在七星劍武祭親眼目睹其危險性。

雖然場上的黑鐵一輝是冒牌貨，藏人仍以雙短刀型態，徹底壓制發動〈一刀修羅〉的黑鐵一輝。

一旦讓他近身，自己就無力回天。

無論如何都不能讓藏人接近自己。

諸星從〈盲點刺擊〉中施展〈帚星〉，準備阻止對手。

但是──

「唔!?」

「哈、哈──────!」

擋不住他。

藏人握著雙短刀，直接以拳頭擋開諸星的刺擊，強行前進。

他放棄防禦，全身前傾，以頭部打前鋒，向前衝刺。

刀華在場外觀戰，忍不住臉色發青。

「這、太魯莽了……!」

人體無法察覺〈盲點刺擊〉。

常人不可能目測攻擊。

那麼藏人就如同自己所說，只靠直覺感覺攻擊走向。

這種進攻方式風險太高。

居然將自己的命運，寄託在微弱如細線的**直覺**上。

他的直覺搞不好下一秒就落空。

簡直是自殺攻擊。

刀華向來注重合理思考，她無法理解藏人的心思。

即便她無法理解──

「這個人卻真的實現這種魯莽又不合理的攻勢……!」

實際上，倉敷藏人只靠微弱的感受，一次次瓦解諸星的對策。

他有如烈火，凶猛進攻，開始逼退諸星。

蠻橫不講理的現實逼迫諸星。

他顧著和藏人拉開距離，漸漸弱化刺擊的力道。

刺擊徒留表面，力道不足。

這種攻擊在藏人面前顯得太過軟弱。

「哈哈──！」

「唔、嗚!?」

〈天衣無縫〉。

對於身懷技術的劍客來說，半吊子的攻擊成不了威脅。

他出槍次數再多，槍頭就是會偏離藏人。

〈天衣無縫〉原本是支配反擊，將「承接」登峰造極達成的劍招。

藏人以壓倒性的戰鬥直覺與速度，搶先占據優勢，更能活用〈天衣無縫〉的特性。

他不需要繼續出手格擋諸星的刺擊，前進的速度自然而然變快──

「家父綾辻海斗的劍法從卸招到回擊，流暢無礙，經常有人比喻為『流水』，受到眾人讚揚。可是那傢伙**亂揮**的綾辻劍法根本是不同的東西。他的暴力如同熾熱火焰，凶狠地打碎、輾壓眼前的障礙物。簡直像是──『火山碎屑流』。」

於是，藏人終於徹底跨越諸星雄大前方的三公尺距離。

諸星落入雙短刀的攻擊間距之中——

「雙刀——〈八岐大蛇〉！！！！」

他施展絕招，準備一決勝負。

◆◇◆◇◆

藏人施展全力連擊的一剎那。

諸星在極致的專注力之中，不禁苦笑。

（完蛋，贏不了。）

沒想到自己竟然會束手無策。

說實話，他在七星劍武祭看過藏人和莎拉的比賽之後，內心早有預感。

現在的自己，搞不好贏不了那男人。

藏人如果還像去年一樣，只靠自己天生的體能和戰鬥直覺應戰，〈虎噬〉的效果再弱都不是問題。

那傢伙當時鼻子長在頭頂上，仗著天分高，光會搞莽撞的自殺攻擊，自己隨手迎戰都贏得了。

但是今年的藏人不一樣。

確切的技巧化為地基，撐起極端優秀的體能與戰鬥直覺。

藏人單靠天分就爬上七星劍武祭前八強，再加上一位導師，灌輸他最適合的雙刀戰法以及所需技巧。這位導師真是**非常討人厭**。

其中最可怕的招數就屬〈天衣無縫〉。

這一招直接扼殺所有不到位的刺擊，讓所有牽制虛招意義全失。

諸星仍然想辦法抓準對方的盲點，試圖封鎖〈神速反射〉，以為自己還有辦法抗衡，結果卻落得這個下場。

藏人握著雙短刀的拳頭，打偏瞄準盲點的刺擊，強行逼近。

拳頭不是靈裝，不受〈虎噬〉影響。

是完美的防禦方式。

藏人看得到〈盲點刺擊〉，才改以拳頭抵擋？

不。

藏人完美化解每一次攻擊，實際上卻根本看不見〈盲點刺擊〉。

即便藏人看不見——**他卻知道攻擊從哪來**。

他不是靠腦袋，而是憑感覺看破一切。

在短短一瞬間，察覺自己該採取什麼行動，以及行動的最佳方向。

所以他看不看得到長槍，根本無所謂。

諸星拚命策劃計謀，觀察、看透藏人，布下一層又一層的戰術，構築必勝的所有前提，藏人卻只靠直覺擊潰諸星所有的努力。

這一切毫無道理，只存在必然。

所有前提、努力、準備、詐術、戰略，一切的一切都無力抵抗這份壓倒性的暴力。

諸星的字典裡只有一個詞，可以形容眼前的無理與荒謬。

天才。

雙方交手之後，諸星才終於發覺。

〈劍士殺手〉倉敷藏人備受狂暴之神寵愛，是真正的暴力天才。

（小白說我有什麼來著……好像叫做〈殺手本能〉。但這誤會可大了，真要說有什麼人自帶〈殺手本能〉，應該是像他這種人才對。）

這類人天生就擁有超乎常人的感官與思考邏輯。

他們總是用常理之外的方程式，組織出最佳答案。包含自己在內，凡人根本無法理解他們。

自己不可能模仿這種本領。

無論體能、能力、戰鬥直覺，自己沒有任何一樣才能勝過這個男人。

贏不了。

諸星對上黑鐵一輝的時候，直到最後一刻仍然抓緊勝算。眼前的「暴力天才」卻拿出絕對優勢，逼得他不得不服輸。

不過——

（前提是我們還在**比試**場上。）

諸星向眼前的天才提問。

你是否明白？

你那股超乎常理的直覺，源自於何處？

不，他不可能知道。

因為他打從出生以來，自然而然地感受著，當然不會明白其可畏之處。

所以他才能如此莽撞進攻。

——諸星知道那玩意。

他不像藏人，天生就感覺得到那玩意。

他只是在那天——比任何人都接近那玩意。

那玩意的氣味，至今仍在鼻腔揮之不去。

沒錯——

（你身上也散發同一種氣息!!）

諸星當下迅速放低腰部。

手中的長槍配合身體，向後滑去。

他將攻擊範圍縮短至短槍大小。

（最後這招就當作是我不服輸，還有給你的警告——接招吧！）

「〈無雙一烈〉！」

這一槍不同於剛才〈天衣無縫〉卸除的虛招，紮實有力。

◆◇◆◇◆

交鋒只在一瞬之間。

兩名騎士錯身而過，下一秒，其中一方隨著鮮血滑落倒地。

倒下的一方——是〈浪速之星〉諸星雄大。

「到、到此為止！倉敷同學獲勝！」

「「「喔喔喔喔喔喔喔喔喔！！！！」」」

© Won

折木當場判定比試難以繼續進行，宣布比試結束。

周遭跟著發出驚嘆與歡呼。

全國各區明白諸星雄大的強大。

每個人的內心早就認定，這場比試會是諸星獲勝。

即便諸星曾經阻礙〈雷切〉東堂刀華的勝利之路，她也悄悄浮現相同想法。

「……我知道倉敷同學對諸星同學來說不好對付，但他或許能扳回一城……我曾經輸給他，所以莫名相信這一點。可是倉敷同學甚至不容我們保持這一絲期待，他太強了。不對──他變強了。」

刀華甚至可以肯定，那個曾敗給自己的倉敷，如今已經判若兩人。

「他有一位好老師呢，綾辻同學。」

絢瀨自從發現父親瞞著自己教藏人劍法，稍微變得叛逆了些。她聽刀華這麼說，開心之餘，又不願老實認同父親的選擇，表情五味雜陳。

「那種人只是個不良中年人啦……」

她說完，從刀華身旁退開一步。

「那我去幫那傢伙包紮傷口──之後學園見吧。」

「好的，新學期之後再會了。」

絢瀨道別完，奔向藏人。醫療人員把諸星搬到擔架上，正要離開。藏人待在擂臺旁，靜靜凝視著諸星。

「……我們好歹是同門，勉強恭喜你贏了。你身上也有傷，總之先去——」

醫務室。

絢瀨正要說完——

「咦？」

她忽然說不下去。

為什麼？

因為她一抬起頭，就見到藏人的臉色慘綠。

「——……」

贏家怎麼會露出這種表情？

「藏人……？你怎麼了？」

「……鬼才知道。」

藏人回答絢瀨，仍然面無血色。

「……在決勝負的一瞬間，那混蛋身上突然散發讓人心驚膽跳的氣勢。」

「心驚膽跳……？」

「那傢伙在那一瞬間，原本打算耍某種把戲。」

兩人的交鋒瞬間。

藏人一回想起來，背部登時冷汗直流。

他感覺到前所未有又濃厚的——**恐懼**。

藏人熱愛打鬥，不曾在戰鬥中嚇到流冷汗。

尋常的殺意對他來說，無比暢快。

他對上綾辻海斗的時候也好，對上黑鐵一輝的時候也罷。

藏人享受打鬥，甚至享受恐懼到渾身顫抖的感覺。

然而──

決勝的頃刻之間，諸星散發的氣息太過強烈，竟能令藏人渾身僵硬。假如自己的刀沒有搶先命中對手……自己究竟會有什麼下場？恐懼甚至讓他**不敢抱有好奇心**。

（諸星……！你這傢伙……當時究竟想幹什麼？）

◆◇◆◇◆

東北地區。

一條地圖上沒有的小路，穿梭在奧羽山脈之間。

沿著這條小路直走，正好能仰望和賀岳的位置，深邃森林中出現一座四角形的樸素建築物，如同一整塊水泥塊。

這是一間收容所。收容所本身占地一公頃左右，四層樓高，與一般集合住宅差不多高度。

〈奧羽和賀岳特殊收容所〉。

特殊的意思顧名思義。

有一名罪犯無法收容在普通監獄，政府特地建造這座特殊收容所，專門關押這名罪犯。

基於其特殊性質，日本只有一小部分人知道這間收容所。

位置距離城鎮需要花上兩個小時，不可能有人誤闖。

這裡形同陸上孤島。

本來應該是如此。

這一晚，收容所四周的森林忽然出現幾道人影，蠢蠢欲動。

這些人是越獄犯。他們也趁〈傀儡王〉引發的騷動趁隙逃出監獄。

他們曾和這間收容所裡的罪犯，一同追求理想。

「只召集到這一點人嗎……」

一名中年男子似乎是首領。他望了望縮在草叢中的眾人，嘆了口氣。

「〈聯盟〉的追兵在我們會合之前，就逮捕其他同伴。他們不擇手段動員學生上前線，算是正確的選擇。」

「嘖。那些傢伙是在監獄待到傻了嗎？太窩囊了。他們動員的小鬼生在**這種悠哉到不行的時代**，讓人寵上天。怎麼能輸給這種驕縱小鬼。」

「繼續等來不了的人，也不是辦法。只能靠在場成員動手了。」

其他人氣憤怒罵到不了集合地點的同夥。首領制止他們，攤開一張紙。

這是眼前這座收容所的內部平面圖，他們費盡心思才拿到手。

「〈教主〉現在被關在〈哀霜地獄（Cocytus）〉。〈哀霜地獄〉位於收容所的最深處。他們用『極低溫』氣體冰凍受刑人，再收容在特製單人房裡。」

「的確是名副其實。」

「我方戰力是十人，人手夠嗎？」

「不算足夠，但〈聯盟〉內部只有少數人知道這間收容所，警衛人數並不多。」

「更何況，我們只要抵達最深處，就能接受〈教主〉的援助。不考慮回程，十人算是勉強撐得住。」

「是一定要有辦法撐過去。」

首領強硬地重複對方的話，語中帶著警告。

光只會說勉強，代表決心不足。

他的眉間擠出深紋，呻吟似地說：

「來這裡之前，我已經看過俗世的模樣……太悲慘了。」

周遭的男人聽見首領哀嘆，紛紛點頭附和。

「是啊，完全如同〈教主〉所說。所有人只是苟活在世界上。國家、國民，人人都不敢與周遭起衝突，顧慮旁人臉色，守著表面的和平。」

「世上不存在不爭鬥的生物。想搶就搶，想侵犯就侵犯，想殺就殺……這才是人類最正確的模樣。實在令人唏噓。」

「時代如流水，強行阻止水流運行，水只會停滯、腐化。〈聯盟〉太愚蠢了，一味阻止俗世之水流淌，世界只會忘記進步，在淤泥中逐漸腐爛。上天給予人類如此美麗的形貌，再這樣下去只會違背上天的美意。實在慘不忍睹，吾等無法再直視一分一秒……！」

首領說完，手中顯現碧藍長劍。

他站起身——

「走吧，讓我們毀掉那座名為和平的『堤防』，阻止人心繼續腐壞，並且告訴他們！戰爭才是謀求上天『賜福』的唯一途徑……！」

「你們這些傢伙一把年紀了，別一直給人找麻煩。」

「「喝——————！？！？！？」」

突如其來的侮辱。

緊接著，白光照向這群男人。

白光來自於巨大探照燈。

一名西裝女子站在探照燈的光亮前方。他們認得那名女子。

當然認得了。

他們被判無期徒刑，長年關在監獄，但是日本的伐刀者一定認得她。

「〈世界時鐘(World Clock)〉新宮寺黑乃……！」

「〈鐘畫(Clock draw)〉。」

轉瞬之間，一聲槍響，數百發子彈貫穿這些男人。

◆◇◆◇◆

「哎呀，幸好有兩位在場，真是幫大忙了。」

收容所所長深深放低早已光禿的頭頂，向〈聯盟〉日本分部部長黑鐵嚴，以及他帶來的黑乃致意。黑乃方才綁住所有攻擊收容所的歹徒，扔進戒護車，送回原本的監獄。

「沒想到**他**的手下竟然能找到這裡。我們早就控管資訊，**他**跟這間收容所並不存在於檯面上的資訊……為什麼他們有辦法抵達這間收容所？」

「〈天導眾〉有段時期曾與翼贊黨聯手，針對日本於戰後加入〈聯盟〉一事進行抗爭。或許他們還保有當時的聯繫管道。實在令人遺憾。」

這類見不得光的關係，至今仍像黑黴一樣，在政治圈、財經界各處留黴根。嚴本就犀利的眼神變得更加帶刺。

黑乃走在嚴的身旁，問道：

「恕我直問，部長，〈天導眾〉究竟是什麼樣的團體？」

© Won

「那群人是恐怖分子。就是他們引發戰後最嚴重的恐怖攻擊〈占領帝都旅館事件〉──」

「我知道這起事件。」

〈占領帝都旅館事件〉。

第二次世界大戰後，日本政府決定放棄所有殖民地，選擇成為〈國際魔法騎士聯盟〉加盟國。當時引發一連串的抗爭活動──又稱反安保抗爭。抗爭的結果，引發了這起事件。

「日本為了加入〈聯盟〉，舉辦一系列的形象提升活動，其中一項就是中學生國際交流賽。當時法國、英國以及義大利的準學生騎士與率隊教師入住帝國旅館。恐怖分子卻將學生、教師監禁在旅館內，不但發生戰鬥，還牽連一般入住旅客。死亡人數一百四十五名，重傷人數兩百八十名，是戰後日本最嚴重、最慘烈的恐怖攻擊事件。

聽說事件主謀是參與反安保抗爭的宗教團體……但事件發生在我出生很久之前，我只知道宗教團體名為〈天導眾〉，並不清楚團體本身的模樣。」

黑乃只知道事件概要，以及事件波及所有主張反對安保的政治家，大批政治家因此倒臺。除此之外，一無所知。

若不是這次直接參與處理相關案件，她恐怕也沒什麼興趣。

不、就算她好奇，大部分相關內情都和這座收容所一樣遭到控管，也無從得知。

嚴回答黑乃的疑問。

「……說得直接一點，那群人讚揚『戰爭』，唾棄『和平』。」

「類似〈解放軍〉？」

嚴搖了搖頭。

「他們比〈解放軍〉更糟糕。〈解放軍〉的目的是以暴力建造新世界，試圖讓伐刀者高於所有社會階級。動機在於利己的控制慾或金錢。

〈天導眾〉卻不同。對那些傢伙而言，暴力、鬥爭並非手段，而是目的本身。他們認為人類最正確的型態就是互相競爭，鬥爭會促進成長與進步，這些都是上天賜與的『恩惠』。所以他們奉鬥爭為美德。」

「……為什麼這種沒有建設性的思想團體，會參加反安保這類政治活動？」

「當時日本政治圈一分為二，執政黨提倡和平路線，支持加盟〈聯盟〉；在野黨則是主張自不量力的鬥爭路線，提倡亞洲二次殖民地化計畫，妄想稱霸亞洲。根據被捕教徒的證言，那些傢伙之所以支持在野黨，只是因為亞洲二次殖民地化計畫，必定會衍生第三次世界大戰。」

「還真是讓人傻眼……」

「那些傢伙的危險思想徹底呈現在〈占領帝都旅館事件〉。這起事件為了保護受害者隱私，有內情並未公開。」

「有限制報導，是嗎？」

嚴點頭。

「這起事件之所以死傷者眾多，新聞媒體歸咎於旅館遭占領，以及救出人質行動時都發生戰鬥。事實上還有另外一個原因。那一天，〈天導眾〉占領旅館以後，把大約三十名參與交流賽的外國兒童聚集在旅館的接待室，逼迫他們互相殘殺。」

「……!!」

他們會釋放最後存活下來的人。

〈天導眾〉對孩子們說道。

這些孩子當然嘗試過反抗。

他們年紀雖小，好歹也是一名伐刀者。

所有人同心協力，總會有辦法脫險。

但是當自稱〈教主〉的男人展現力量，他們頓時打消反抗的念頭。

——他們如果挑戰這個男人，所有人必死無疑。

在場所有人不得不相信這個下場。

於是，一個個年幼的男孩、女孩彼此殘殺，血流成河。

他們只剩下這個選擇。

「倖存者表示，那些傢伙的〈教主〉每看到一名兒童死亡，就會**悲痛哭喊，彷彿死去的人是自己的親生兒女。**」

「嗄!?自己命令他們送死，還有臉這麼做？」

「沒錯。」

「……瘋子。」

嚴當然也這麼認為，沉重地點了點頭。

「保持正常思考，根本無法理解他們的價值觀，所以不需要理解。我們只需要知道，那些傢伙的〈教主〉就關在這裡，而他極度危險。所以每一個知道這座收容所的職員，我們都會告訴他真相，提高他們的責任感，以求堅守職務。」

收容所所長聞言，同樣沉重地點頭。

「……是，在這裡工作的所有職員，每天都戰戰兢兢地面對工作，不惜拚上性命，也要繼續關押那個惡魔。所以〈傀儡王〉引發混亂的時候，管理系統竟然當機了，我們也是急得像熱鍋上的螞蟻。還以為有外敵來襲，幸好只是停電，我們才鬆了口氣。」

「等等。」

嚴頓時停下腳步。

「管理系統之前當機過？」

「咦？是，但是只當機了短短幾秒。這裡的設備有預備措施，主電源如果故障，會馬上切換成備用電源。畢竟是很重要的設施，建築物本身設計嚴謹，這點程度的故障並不會──」

妨礙日常運作。嚴並未聽完所長的解釋，開口說：

「新宮寺，跟我來。」

他隨即快步通過走廊。

「部、部長？您要去哪？」

「〈哀霜地獄〉。我必須親眼確認那傢伙還待在牢裡。」

「什麼!?請、請您留步！不可能確認的！〈哀霜地獄〉是幾十年前建造的裝置，裡頭本來就沒有設置監視攝影機，必須打開三十公分厚的氣密牆，才有辦法確認內部！難、難不成您打算現在打開〈哀霜地獄〉!?」

「沒錯。」

所長一聽，臉色一陣青一陣白，大喊道：

「您這麼做更危險啊！系統當機時間不到三秒！不可能有人在那短短一瞬間，不驚動任何人就逃獄！可能性不到萬分之一！部長您怎麼能為了安心，提高犯人越獄的危險性？您別開玩笑了！」

「所長，你打從一開始就誤會了。」

「嗄？」

「對方就是做得到那萬分之一的微小可能性。家父玄馬顧慮這點，才特地建造了〈哀霜地獄〉。」

「……！」

「我們是為了守護國家而存在。假設一個危險至極的罪犯早已逍遙法外，我們還認定**他仍然關在牢裡**，這遠比打開大牢危險許多。」

嚴一行人一邊爭論，一邊穿過狹窄的走廊，抵達〈哀霜地獄〉所在的房間。〈天導眾〉〈教主〉就關押在這裡。

房間十分寬廣，天花板挑高到四樓，寬深都超過二十公尺，彷彿一座機棚。房間牆面從地板到天花板，塞滿了電子儀器，全都如呼吸般規律閃爍亮光。中央有一座三公尺高的金屬圓柱。電子儀器各處拉出配線、管線，沿著地板延伸至圓柱底部。

這座圓柱正是〈哀霜地獄〉。

關押〈天導眾〉〈教主〉的單人牢房。

「……這座裝置規模真大。」

「一座不會毀壞、不會停歇，永生永世冰凍囚犯的監獄。那個年代，彩色電視機才剛開始在普通家庭普及，建築師為了盡量滿足政府不切實際到極點的要求，費盡所有科學技術與物資，好不容易打造出來的成果，就是這座監獄。」

據嚴所說，現在能看到的大批電子儀器，不過是監獄的一小部分。

這座收容所的總面積達一公頃，維持〈哀霜地獄〉的裝置就占一半以上。

嚴來到圓柱前，對黑乃下令。

「新宮寺，我以日本分部部長權限，解除妳的禁技限制。那傢伙只要動上一根手指頭，我會出手制住他，妳就連同時空間一起毀掉那傢伙。」

「〈粉碎時空〉會牽連到部長。」

「無所謂，我就跟著陪葬。絕對不要奢望只打倒他一個人……當時的日本除了關住他，**別無選擇，不可能打倒**這個男人。妳最好當作自己在對抗一場天災。」

「……我明白了。」

黑乃聽完嚴的指令，冷汗直流。

嚴不懂開玩笑。

他嚴肅、強硬，是徹頭徹尾的石頭腦袋。

日本的魔法騎士人人都知道，這個男人絕不會說出任何一句誇飾過的話。

眼前的罪犯，居然能讓嚴給出如此誇張的評價。

黑乃做了一次深呼吸，顯現靈裝——黑金、白銀色澤的雙槍。

她舉槍，以便隨時施放禁技——〈粉碎時空〉。這項伐刀絕技是以操控時間之力胡亂扭轉時空，直接毀壞時間與空間。

嚴確定黑乃做好準備，單膝跪在圓柱的底座前方。

「請您等等，部長！我現在就讓系統控制員開鎖——」

「不需要，現在拖上一分一秒都嫌慢。」

他伸出右手，觸摸底座。

「〈鐵血方陣〉！」

嚴的右手散發紅光，紅光有如血脈，瞬間爬滿房間各處，無數電子儀器的風扇發出震耳欲聾的聲響，開始猛烈旋轉。巨響圍繞了整間房間。

房間幾乎隨之震動的聲響之中，中央的圓柱開始分解。

〈哀霜地獄〉內部充滿極低溫氣體，隔著數十片氣密牆。現在氣密牆一片片收進底座下方的地底空間。

風扇排風本來使得房間悶熱不已。而氣密牆每收一層，房間內的溫度就越來越接近冰點以下。

於是，最厚的氣密牆收進地底，極低溫氣體一口氣擴散到房間每一處。

刺骨寒意冷得所長直哀號。

嚴站的位置讓他直接承受氣體侵襲，氣體颳過眼球，他卻一聲不吭，甚至不顧眼球刺痛，完全不眨眼。

他以鋼鐵般的毅力忍住疼痛，直睜著雙眼。

危險人物就在白皙霧氣之中，他不能漏看對方的一舉一動。

然而——嚴的努力全白費了。

白霧散去，裡頭卻空無一人。

枷鎖沒了該拘束的犯人，無力地躺在牢籠裡。

「…………果然。」

「這、這怎麼可能！到、到底、到到到到到底是什麼時候逃走的……！」

所長震驚不已，軟了腳，倒在寒氣中。

明明他剛才一碰到氣體，就軟弱地慘叫，現在卻完全不吭聲。

他就是這麼驚慌失措。

但事到如今，囚犯**何時**逃獄，根本不重要。

現在沒有閒時間釐清原因跟追究責任。

嚴馬上下令：

「所長，現在盡速聯絡總部。發生緊急狀況——〈大炎〉脫逃了。」

福岡縣福岡市。

這座大都市位於西日本，擁有西日本第二多的人口。東堂刀華、御祓泡沫、貴德原彼方來到了這座城市。

他們這次來福岡，是回老家探親。貴德原家的慈善基金會在福岡經營了一間育幼院，名叫〈若葉之家〉。刀華和泡沫都曾經在這間育幼院生活過，三人也是在這裡認識彼此。

不過，三人下飛機時，正好剛過中午。

這個時間，街道上充滿邪惡的誘惑。

沒錯，就是豚骨的香氣。

說到福岡，就會聯想到豚骨拉麵的聖地。

福岡的街道上四處可見拉麵店。一到中午，拉麵店裡的豚骨湯煮得沸騰，鍋裡散發令人食指大動的香味。這個時間，路上行人正好剛消化完早餐，一陣陣香氣刺激空蕩蕩的胃。

很少人能抵抗這股誘惑。

一回過神，刀華已經不見蹤影。

她去哪了？泡沫和彼方四處張望，便看見刀華的背影出現在一整排拉麵店前。她茫茫然地被誘進其中一間拉麵店，正要鑽過門簾。

兩人急忙奔上前，叫住刀華。她才赫然回神。

——我恢復正常了。

——我們不要繞道，趕快回去〈若葉之家〉見大家吧。

刀華向兩人道謝，腳尖卻還向著店門口。

看來再走一個街區，她又會鬧消失。

泡沫和彼方看著刀華的饞樣，聳了聳肩。

這狀況很常見，他們每次回鄉都會發生，幾乎是例行公事了。

於是，泡沫搬出以前常用的藉口。〈若葉之家〉原本經費就少，三個人跑回去掏空冰箱，對大家也不好意思，乾脆吃完午餐再走。

三人裝模作樣地附和完，便一起走進拉麵店，品嘗故鄉令人懷念的美味。

◆◇◆◇◆

「好好吃啊——♪」

「刀華真喜歡拉麵。」

「她每次回來都是這副貪吃樣。」

三人並排坐在油膩膩的吧檯前，吸著拉麵。

拉麵口味當然是豚骨。

在福岡國提到拉麵，只能有豚骨一個選項。

醬油？味噌？我才不認得。

除了湯頭，麵條也不一樣。

福岡的拉麵一定是細麵，細得像麵線一樣。

所以麵會馬上泡爛。

刀華從小在博多長大，她很清楚這一點，早就吃完第一碗麵條，向店家加麵。

她接過加點的麵條，滑入湯頭，手又伸向吧檯，拿起紅薑盒。

「呼～享受完豚骨的濃厚風味之後，再加點兒麵條，跟紅薑一起放進湯裡，太幸福了唄。能回福岡真是太好了。」

「看妳這麼滿足，別忘記了，我們還沒達成回來的目的喔。」

刀華看起來心滿意足，彷彿下一秒就要搭新幹線回學園。泡沫隨口提醒道。

「……這麼說起來，東京的拉麵店很少在吧檯放免費的紅薑。」

「就是說呢。倒是不時會看到醃芥菜……」

「東京的拉麵大多是醬油口味。就算有豚骨，也是和歌山的豚骨醬油口味。沒有就罷了，我也滿喜歡鹽味拉麵跟醬油拉麵。可是呀，小沫應該懂我說的……就是……點了博多風拉麵……卻看見店家端出已經加紅薑的豚骨拉麵，總是會……」

「總是會？」

「內心浮現殺意呢。」

「才不會咧!!福岡人好可怕!!」

刀華是土生土長的博多孩子，泡沫則是透過政府的兒少科轉介，輾轉來到福岡。

偏激當地人要自己附和這種事，他才覺得困擾。

「然後……刀華，妳從剛才開始一直都在說方言呢。有發現嗎？」

「咦……………~~~~~!?」

刀華聽彼方提醒，這才紅著臉，遮住了嘴。

她在彼方提起之前，完全沒發現自己在說方言。

平時使用的語言直接抽離，完全沒有銜接困難，十分自然地恢復成這塊土地的特有語言。

刀華不由得臉色發青。

「太、太可怕了唄。我明明做了標準話特訓，以免自己去東京的時候被人笑話，

© Won

一碗拉麵就讓我給忘了。一定是血液鹽分含量急遽上升，藏在心中的博多天性不小心跑出來了啦。」

「這個人心裡養了隻不得了的怪物啊。」

「算、算啦。我現在又不在東京！古人不是有言，入境隨俗！故鄉就更要隨俗了唄！」

「刀華自己不在意，我當然沒差啦。」

泡沫倒是挺開心。

與其看刀華拘謹地說著標準日語，他更喜歡她大剌剌操著家鄉話，這還比較可愛。

不過這話太害臊，他可不敢說出口。

「啊，對了。刀華，我聽說囉。〈劍士殺手〉和前一屆〈七星劍王〉，在日本分部的訓練場打了一架呀？」

「咳哼……嗯，對呀。」

「咦？不是要入境隨俗嗎？」

「才不要呢。」

她一口回絕。

刀華可能覺得不好意思。

泡沫有一點遺憾。

「還有，他們不是打架。是諸星同學向倉敷同學要求比一場模擬戰。」

「我好想看喔。那兩個人的比試一定很精采，可以拿來賺錢的程度。」

「泡沫那一天還在參加徵召呢。」

「對啊，只有我一個人加班，太奸詐了。」

原本平復的不滿又湧上心頭。

泡沫鼓起雙頰，嘟著嘴表達不悅。

一行人聚在日本分部的當天，魔法騎士拜託他協助逮捕越獄犯。

〈無法觀測〉御祓泡沫的伐刀絕技──〈絕對不確定性（Black Box）〉，能夠操縱結果，魔法騎士非常仰賴他的偵測能力。只要是可以物理上移動的範圍，泡沫一發動能力，就能找到大部分目標。破獲新宿地下鬥技場的時候，也是多虧泡沫導航，刀華才能順利潛入敵陣中樞。

他的戰鬥能力無限趨近於零，但是論後方輔助，職業魔法騎士中很少有人比他更優秀。

「這也代表人家很依賴你。辛苦你了，小沫。」

「嗯……」

刀華的慰勞似乎讓泡沫稍微釋懷。

他收起鼓大的臉，讓刀華幫忙倒飲料。

雖然倒的只是普通的水。

泡沫喝乾杯裡的水之後——

「拉回正題。我聽說〈劍士殺手〉贏了那場比試，是真的？」

「嗯。」

「而且雙方實力相當接近？」

「很難說呢。比試途中，諸星同學雖然重振態勢幾次，卻都無法造成致命傷。從旁觀者的角度來看，諸星同學可以說是單方面輸給倉敷同學。」

彼方和刀華一起觀賞模擬戰。泡沫聽彼方說完感想，吃驚道：「真的假的啊？」

「諸星今年雖然輸在第一輪，去年好歹贏過刀華，還拿過冠軍。〈劍士殺手〉居然變得這麼強喔？」

「他原本就有很優秀的戰鬥直覺和體能。再遇到一個像樣的老師，拚命努力學習，當然能在短時間內急速成長。」

「那隻瘋狗會拚命努力？到底是發生什麼事？」

「這麼說起來，我以前讀過日下部學妹的壁報，報導提到倉敷同學和黑鐵學弟比過場外比試，結果似乎是黑鐵學弟獲勝了。他在那之後可能心境起了變化，想方設法要贏過黑鐵學弟，之類的？」彼方說道。

七星劍武祭之前。

泡沫想起藏人在餐廳施暴的模樣，縮了縮肩膀。

沒想到世界上真有這麼厲害的教師，能管教那種瘋子，還讓他強得超越前任

〈七星劍王〉。

「順帶一提，刀華贏得了現在的〈劍士殺手〉嗎？」

「嗯？」

刀華聽泡沫一問，放下夾麵的手，毫不遲疑地回答。

「我覺得贏得了。」

「喔？刀華明明輸給前任〈七星劍王〉，而他又打不贏〈劍士殺手〉，妳還真有自信。」

「騎士之間總是有對手適性的問題。對諸星同學來說，他的魔法跟長槍術都拿倉敷同學沒轍，當然不好對付。可是換做是我……我反而很適合對付倉敷同學。」

「是嗎？」彼方問道。

刀華點點頭：

「他的攻擊模式是全方位，近距離到遠距離都難不倒他，但我也是。甚至在遠距離戰方面，我的魔法招數比較多，比較有利。我唯一要注意的是短刀距離——倉敷同學會施展高速連續攻擊〈八岐大蛇〉……但這一招對我來說，也不算難應付。」

泡沫和彼方不需要繼續問，馬上就明白原因。

東堂刀華在短刀距離，也就是超近距離、交叉間距之中，擁有一項無人能敵的武器。

「無論他打算怎麼攻擊，只要他一闖進攻擊範圍，我的〈雷切〉一定會先命中。」

這一點無庸置疑。

藏人的〈神速反射〉以及體能，的確足以構成威脅。

他的速度讓人產生錯覺，誤以為他可以同時做出複數劈砍動作，壓迫感十足。

但他每一刀的速度都不及〈雷切〉。

「原來如此。」彼方和泡沫聽完刀華解釋，終於明白她的優勢何在。

「我記得刀華可以**透過靈裝讓對手觸電**，遠距離很難長時間抵擋電擊呢。」彼方說道。

「然後，等到〈劍士殺手〉耐不住性子衝上前，來一記絕對能搶先的反擊。這麼說起來，〈劍士殺手〉對刀華來說，還真的不算難對付。」泡沫說道。

「不實際比過，結果還很難說。但照那場模擬戰來看，我覺得自己的戰術還是很管用。至少現階段我不覺得自己會輸給倉敷同學。對我來說……諸星同學還是比較棘手。」

「妳可能打得贏〈劍士殺手〉，怎麼這麼說？」

「所以我才強調適性呀。遠距離電擊對諸星同學無效，他的靈裝又是長槍，我必須主動出擊才能動用〈雷切〉。我對付倉敷同學的優勢，全讓諸星同學拿走了，更別說還有那招〈盲點刺擊〉。」

「盲點、刺擊？」

泡沫沒有看比試，滿臉疑惑。

彼方補充道：

「諸星同學會鑽人類的視線漏洞，施展看不見的槍術。」

「欸？難不成是說眼睛的『盲點』!?人類的眼球明明會動個不停……這招數不是人幹得出來的吧？」

泡沫目瞪口呆地說。刀華也點頭同意：

「他的槍術兼具速度與精準度，才有辦法達成那一招。我的刺擊根本沒辦法模仿。而且今年七星劍武祭的當下，他應該還沒練成〈盲點刺擊〉。他也是日日夜夜都在進步……更何況………」

刀華說到一半，忽然沉默。

她面有難色，凝視著拉麵碗，不知道在沉思什麼。

「刀華？更何況，還有什麼嗎？」

「啊、嗯……」

刀華聽見彼方催促，終於又繼續說下去。

「……比試結束之後，倉敷同學的表情讓我有點在意。」

「比試結束之後的表情？」

「彼方沒看見嗎？」

「啊，是。因為我擔心諸星同學的傷勢……」

「……倉敷同學似乎很驚訝自己打贏了……不，不對，他**看起來很害怕**。剛才彼方也說過，我們在一旁觀戰，都認為倉敷同學是憑實力徹底壓制對手，但是……」

刀華解釋，藏人說不定在決勝的一瞬間看見了什麼，只是觀眾看不見。

假如是諸星害得藏人面色凝重，他或許還隱藏某些祕密。

但隨後──

「也沒有證據證明我的推測是對的，還是忘記我說的話吧。」

刀華又露出沒自信的神情，改了口。

「就算不是正式比賽，我還是很難相信，諸星同學會約了模擬戰又藏一手。應該只是我的錯覺。雖然不能輕敵，但過度提防對手也不太好。尤其是對上諸星同學這種足智多謀的人，更要注意自己。」

原來如此，刀華的確有可能過度緊張。泡沫陪著刀華，看了一整年諸星的比試影片，他也有同感。

話雖這麼說──

「可是前〈七星劍王〉要去中國參加〈鬥神盃〉，對吧？那妳暫時也不用對上這麼不對盤的對手呀？」

泡沫說完，刀華大口嘆氣：「也對。」

她哀怨地喃喃碎念：

「……竟然讓他贏了就跑，好不甘心。」

「啊，妳不慶幸他不在喔？」

「當然，我甚至是為了在今年打倒他，才這麼努力修行。」

泡沫一直陪在刀華身旁，他也很清楚。

黑鐵一輝參加決賽前，刀華陪他進行賽前調整時，曾以電磁力改變劈砍軌道。其實這是為了破解諸星的〈帚星〉，特地開發出來的伐刀絕技——〈雷光〉。

自己這一年的努力究竟能不能派上用場？

刀華還是很遺憾，自己沒能確認努力的成果。

泡沫望著刀華失落的模樣……不由得擔憂了起來。

他忍不住說出自己的不安。

「刀華應該不會去參加〈鬥神盃〉吧？」

刀華可能會追去中國，和諸星一起挑戰同一個頂點。

不過——

「畢竟老師參加過那場大賽，諸星同學也參賽，我多少有一點興趣。可是……我還是想在支持我的家人面前戰鬥，所以我不會去中國。」

泡沫只是杞人憂天。

她出身自〈若葉之家〉，希望自己的表現能鼓勵相同遭遇的孩子，讓他們鼓起勇氣。

〈雷切〉東堂刀華奮戰的動機，至今仍未改變。

「我覺得這個方式，最能讓我成長。」

「……這樣啊。」

泡沫聽完刀華果斷的回答，鬆了口氣。

刀華並不為自己，而是為別人而強大。泡沫覺得她好耀眼，也非常引以為傲——最重要的是，自己最喜歡為人著想的她。

「……那我們差不多該回家了，大家都在家裡等我們呢。」

「的確，該出發了。」

泡沫說完，站起身。彼方也跟著起身。

只有刀華一個人加麵。她在兩人之後，吸完最後一口麵——

「麵泡爛了……」

她露出慘痛的表情，彷彿世界即將毀滅。

◆◇◆◇◆

三人吃完午餐，走出拉麵店，搭上公車，前往這次回鄉的目的地。

一路上，三人的話題聚焦在窗外的景色。

三人小時候，這一帶只有高山、田野、散發怪味的池塘，以及老舊的平房。

現在這些景色被填平，換成一整排整齊的高級住宅，平瓦屋頂上裝有現在最流行的太陽能發電板。

數年前，東京證券的上市大企業〈佐山汽車〉，在這附近建起一座巨大工廠。以此為契機，人流開始進到這座城市，周遭也順水推舟開發土地。

但說歸說，車站北邊原本就是商業鬧區，能開發的土地所剩不多。

有權有勢的人們便盯上背對山林的車站以南區域。

也就是附近這塊區域。

他們挖開山林，搗毀田野，填平臭池塘，這地方從昭和的偏僻村落，搖身一變，成了現代風格的新市鎮。

改變的不只是風景。

最近幾年，這附近也換了新一批居民。

從前路上看得到穿著務農作業服的老夫妻，踩著沾滿泥水的長靴，在道路上留下一塊塊足跡。現在卻不見蹤影。

路上的貴婦全都穿著華麗洋裝，化上精緻妝容；孩童有的拿著智慧型手機，一邊打電動一邊有說有笑，有的牽著大白狗散步；道路上的汽車從農用拖拉機，換成亮晶晶的進口車。

這裡最近幾年真的改變很多。三人忍不住嘆息。

他們一半是佩服人類的科技，居然能在短短數年，讓一塊土地的風貌驟變；另一半是惋惜，養育自己的景色再也回不來。

他們下了公車，迎面便是鋪設良好又美觀的街道。

沿著這條道路直線前進，走進住宅區。兩旁都是整排新穎的房屋，再往前走，便能看到一棟褪色平房，彷彿只有這部分被人拋棄在過去。

老舊民宅修建而成的房屋，附設一座小菜園。

就是這棟房子養育了刀華和泡沫。

貴德原慈善基金會經營的育幼院——〈若葉之家〉。

◆◇◆◇◆

一走進沒有關好的門，一旁盛開的德國洋甘菊散發溫和芬芳，緩緩掠過鼻間。

刀華享受著懷念的香氣，深深感慨，**自己終於回家了**。

他們直接走向玄關——

「我回來了。」

刀華拉開玻璃門，大聲說道。

緊接著——

『剛才的叫聲！』

『他們回來了——！』

屋內傳來說話聲，以及一陣匆忙的腳步聲。沒多久，五個小孩子跑向玄關。他們的外表大約是小學低年級。

他們一看到刀華，笑容滿面地撲向她。

「是刀華————！」

「哇——！刀華，歡迎妳回來——！」

「歡迎回來！」

「啊哈哈。嗯，我回來了，大家有沒有乖乖聽話呀？」

「「「有！！！」」」

孩子們一轉眼纏住刀華，讓她動彈不得。

此時兩名中學生年紀的青少年，一男一女，追著孩子走出來。他們看見刀華，不禁苦笑。

他們算是家裡的大哥哥、大姊姊，支倉梨央和加藤杏。

「刀華姊還是這麼受歡迎。」

「泡沫哥哥和彼方小姐也是，歡迎回來。」

「呵呵，杏，半年不見了。」

「……嗯？梨央是不是又長高了，真囂張。」

「我還在成長期嘛。阿泡哥才是，是不是縮水了？」

「才不會！」

「哈哈，阿泡哥從小討厭牛奶，所以才長不高啦。」

「哼，我的賣點可是嬌小體型跟可愛臉蛋，所以沒差。女孩子可是很愛討好我，不停稱讚我好可愛。梨央高得跟竹竿一樣，一輩子都不會有這種美好體驗啦。」

「唔、這倒是有點令人羨慕……」

「討厭！你們不要在小朋友聽得到的地方講這種話題啦！」

一群小孩到門口迎接之後一陣子，一名老婦人才從屋內緩緩走出來。

「哎呀，你們三個已經到福岡啦？」

老婦人用染劑遮住已經斑白的髮絲。她就是育幼院的負責人，西方壽子院長。

「你們打通電話，我就開車去接你們了……」

「啊，媽媽！」

刀華一見到院長，請孩子們稍微放開自己，走上前。

接著……她露出純真的笑容，向院長打招呼。刀華只會在院長面前露出這麼天真的表情。

「媽媽！我回來了！」

「嗯，歡迎回來……還有，辛苦你們了。」

刀華等人馬上就知道，她是指七星劍武祭。

雖然嚴格來說，泡沫並沒有參賽。

「……今年真可惜呢。」

刀華一聽，內疚地苦笑道：

「真對不起，大家明明準備來幫我加油，我卻輸了。」

院長身旁的杏和梨央急忙出聲。

「不會啦，是我們擅自先準備的！」

「對啊，而且就是剛才上新聞的那個人打贏刀華姊，對不對？」

梨央提到的那則新聞。

刀華等人也看過。

倒不如說，現在只要一開電視，每個電視臺都在做相關專輯報導。

內容就是「日本的年輕英雄拯救法米利昂脫險，〈劍神〉黑鐵一輝」。

「太強了。一個學生打敗世界排行第四的騎士，拯救一個國家。那種選手參加學生比賽，根本是犯規吧。刀華姊太衰了。」

梨央用自己的方式安慰刀華。

但是——

「嗯？我並不覺得自己很衰喔。」

「欸？」

刀華對這件事的看法，和梨央完全不一樣。

「我的確很想和諸星同學再戰，但是我在對上黑鐵同學的那一戰裡，已經徹底拿出當時的全力——不對，甚至是發揮得比原本更多、更強大。我輸給他雖然可惜，但我很慶幸自己那一天能和黑鐵學弟打上一場。」

「……刀華姊就是這麼積極。」

「妳沒有沮喪就好。下次就是在職業賽事重新挑戰他了呢！」

「對呀……不過，黑鐵同學可能不會參加國內聯盟賽，我還得走一段很崎嶇的過程呢。」

泡沫聽完刀華的話，吃了一驚。

「咦？是嗎？我還以為學弟畢業之後也會參加格鬥賽。他應該滿喜歡的呀。」

「我也這麼認為，他自己可能也是這麼打算。只是經過這次法米利昂戰爭，他獲得〈劍神〉的稱號，於名於實都已經超出國內賽事級別。我猜他畢業之後，馬上就會跳級到A級聯盟。」

A級聯盟匯集所有〈國際魔法騎士聯盟〉加盟國的各國菁英，彼此較勁，是世界最高級別的賽事。

必須擁有所屬國家的推薦資格，才能參加A級聯盟。按照慣例，必須先在國內聯盟賽留下優秀成績，才有機會獲得推薦。

若是騎士本身達成的功績，足以代替國內聯盟的成績，則不在此限。

「黑鐵同學應該會在畢業之後，同時入贅到法米利昂。法米利昂除了史黛菈同學之外，沒有特別引人矚目的騎士，推薦席次一直都是空的。他或許會和史黛菈一起用法米利昂的推薦席次，直接從A級聯盟出道。」

一輝有擊敗〈黑騎士〉的戰績，應該不會引起反對聲浪。

他從國內聯盟開始參賽，反而會給法米利昂添麻煩。

「也就是說，刀華得先打進A級聯盟，才有機會和學弟比賽啊。」

「就是這麼回事。不過我自己的目標也是A級聯盟。現在只是稍微拉開距離，我會馬上追上去，下次在賽場上見面，我一定會戰勝他。」

刀華下定了決心。孩子們見狀，雙眼發亮，紛紛為她加油。

《雷切》和他們在同一間育幼院長大，又是全國知名的學生騎士，院內的孩子與有榮焉。

院長見他們聊到一個段落，拍了拍手，對所有人說：

「總之別站在這裡說話了，你們都進來吧。我現在去泡茶，來，大家都過來幫忙。」

「「「好——！」」」

孩子們回應院長，又鬧哄哄地跑回家中。

刀華拿起行李，正要起身跟在後頭。

但是——

「…………」

她動不了。

一個留著長直髮的小女孩，緊緊抱住刀華的腰間。她叫做小花。

「小花？大家已經走囉？」

「唔嗚……嗚嗚嗚嗚嗚～～～～」

小花一陣嗚咽，用壓抑的哭聲回應刀華。

泡沫無奈地笑道：

「啊哈哈，妳看到刀華回來，這麼開心呀？」

「……不對。」

刀華搖了搖頭。

不對。小花以前就很愛哭，也很怕寂寞，但是哭聲裡的情緒並不單純。可能發生了什麼事。刀華抬起頭，正想詢問院長。緊接著——

「啊、唔。」

「嗚嗚嗚……………」

「哇啊啊啊啊啊～～～～～!!刀華～～～～～～～～～!!」

「你們……!?」

年紀還小的孩子像是被小花影響，又跑回刀華身邊，開始嚎啕大哭。

這讓刀華三人不得不心生疑惑。

彼方隨即發現一件事。

孩子們的手腳上有瘀血。

「……！這傷是怎麼回事？」

刀華和彼方見狀，神情嚴肅了起來。

她們都經歷過戰鬥。

身上出現什麼樣的傷口，代表人體受過相應的對待。

這些傷顯然不是跌倒造成的。

是毆傷。

他們被人毆打過。

「……媽媽，他們怎麼會受傷？」

年長的兩個中學生聽見刀華問起，尷尬地垂下眼，院長則是長嘆一口氣。

「……三個人難得回來一趟，大家早上還約好要瞞著你們，不想讓你們太擔心。結果還是讓你們發現了。」

「是遇到霸凌？」

泡沫猜道。

刀華起了同樣想法。

有人總是喜歡欺負這些無依無靠，只能待在庇護所裡的人。

刀華和泡沫兒時也曾經歷這些遭遇。

他們猜對了。

梨央聞言，點了點頭。

「就是霸凌沒錯……只是——」

他正要繼續解釋，忽然間——

「嗯？彼方！」

「我明白。」

兩名學生騎士經歷無數實戰，當下就感受到敵意來襲。

彼方在一行人最後方，最接近入口。她拉起長裙，像鬥牛士一樣攤開布料。

同一時間，玄關的玻璃門發出巨響，玻璃應聲碎裂。碎片噴向裙襬，其中還混著一個硬物，跟碎片一起撞上裙襬。

硬物砰咚一聲掉在地上，又微微彈起——那是一顆棒球。

『啊哈哈！你們看，全壘打飛到破房子裡啦！』

『喂，健太，你去撿球啦。』

『不要，好髒。那些傢伙是棄子又很窮，一定都沒洗澡啦！臭到我不想靠近！』

『啊哈哈！對啊，好臭、好臭，站在這裡都聞得到！』

『喂，你們在裡面吧！快點把球還我！不然我要去告狀，說你們偷球！反正你們這麼窮，一定會隨便偷東西！我就跟大人這樣說！』

破掉的玻璃門另一端，傳來高亢的吼聲。

顯然就是野蠻犯行的主謀在叫囂。

一行人皺起眉頭——

「大家有沒有受傷？」

「多虧彼方。但這下子……」

「嗯，這已經超過小孩惡作劇的程度了。」

刀華在克制憤怒。

她沉聲說完，重新穿上學生鞋，敲了敲腳尖——

「刀華，抓的時候，小心別讓他們受傷。我會向那群孩子的父母求償玻璃門維修費。」

她聽完彼方的叮嚀，點了點頭，飛奔出門。

「嗚哇！那人是誰啊！」

「她跑過來了！」

「快、快跑——！」

屋裡跑出一個陌生人，用極其飛快的速度衝過來。

就是這三個男孩把棒球砸進〈若葉之家〉。他們見狀，嚇得遠離〈若葉之家〉門前，慌忙逃進住宅區。

他們應該是打算繞進複雜的小巷，甩開刀華。

不過是耍小聰明。

「彼方！快追！」

彼方從後頭追來。刀華對彼方下完指示，突然轉向。

她沒有奔向若葉之家的門，而是跑向圍牆，一腳跳上一公尺高的牆頂。

刀華不需要動用魔力，這點特技對她鍛鍊過的雙腳來說，輕而易舉。
她從圍牆一蹬，跳向道路另一側的圍牆，並沿著圍牆狹窄的寬度奔跑，從上方追上三個男孩，從他們面前跳下，堵住去路。
「哇啊啊啊!?」
「騙人，她從哪裡跑來的!?」
「唔、快回頭！——啊。」
男孩馬上想調頭，但彼方早已從後面追了上來。
他們被阻斷後路，進退不得。刀華強忍憤怒，對他們說：
「你們幾個，好好解釋一下為什麼要這麼做。」

◆◇◆◇◆

這三個男孩是小花跟其他孩子的同班同學。
彼方請院長透過聯絡網，調查這些孩子的家裡電話，聯絡家長到場。
目的當然是讓家長親自帶走孩子，以及賠償玻璃維修費。
男孩坐在〈若葉之家〉前面的道路上，滿臉不悅。他們看見刀華剛才的舉動，似乎放棄逃跑了。
但他們的臉上完全沒有愧疚。

惡作劇曝光，他們卻沒有退縮，表情寫滿氣憤。

刀華努力維持平靜，平淡地詢問三人。

「你們為什麼要做這種事？」

「「「………………」」」

「聽說你們平時就在欺負〈若葉之家〉的孩子。為什麼？你對小花他們做了什麼？」

「醜八怪，跟妳沒關係啦！」

「對啊！是說妳是誰啊！囂張什麼！」

「唔、你們幾個……！」

「等等。」

三個男孩的態度實在太過分，梨央氣得想揪住他們的衣襟。泡沫上前制止他——

「梨央太激動了，你去旁邊。」

改由自己走向男孩面前。

泡沫故意配合他們的視線高度，仔細窺探三人的眼瞳深處，說道：

「我說你們啊，你們知道自己幹了什麼好事嗎？」

「怎樣啦？只是球飛遠了點而已吧！」

「對啊！媽媽會修好玻璃，又沒關係！」

「那是彼方保護大家，**才只是球飛進來而已**……你們想想看，假如有人站在球飛進來的地方，會發生什麼事？

玻璃碎片噴到人，搞不好會受重傷。

碎片刺到眼睛，是會失明的。

球飛進來砸到頭，可能會砸破腦袋死掉。

真變成那樣，可不能當成純粹的惡作劇，你們幾個就會變成殺人犯。」

「才、才一片玻璃破掉，說得這麼誇張！大人幹麼這麼小氣！」

「誇張？很誇張嗎？不然——**就讓你們看看結果好了**。」

泡沫緩緩舉起右手，準備打響指。

「「咿……!?」」

男孩看見泡沫的動作、表情，嚇得叫出聲。

他們從中感受到莫名的恐懼。

而他們的直覺是正確的。

御祓泡沫只要動用能力，就能馬上呈現男孩惡行下**最壞的結果**。

換句話說，假設彼方和泡沫的位置相反，假設彼方沒有保護泡沫，就會造成那種結果。

手指一打響，他們眼前的泡沫就會渾身浴血。

他打算讓男孩親眼目睹，自己輕率的舉動會帶來什麼後果。

不過——

「小沫。」

刀華制止了泡沫。

「不可以，這麼做太過火了。」

他們的所作所為，的確有可能造成危險。

大人有必要教導他們危險性，但讓男孩目睹血腥畫面，已經不再是教訓，而是威脅。小孩子年幼不懂事，不需要做到這種地步。

「……我知道了啦。」

「阿泡哥自己最激動。」

「吵死了。」

泡沫乖乖退到一旁。

刀華看到泡沫退開，再次走到男孩面前，蹲下身，和他們維持同樣的視線高度，溫柔地握住其中一個人的手。

「……！」

「大哥哥剛才說得比較誇張，但他沒有說謊。要是那個穿禮服的大姊姊不在，你們可能就害別人受重傷。別人什麼事都沒有做，你突然欺負人家，害對方受傷，痛得不得了，這是對的嗎？」

「…………唔……」

刀華不怒罵孩子。

她溫柔地牽起對方的手，看著對方的雙眼，柔和地問道。

刀華以前經常照顧年幼的同伴，她知道該怎麼對待孩子。

怒罵對方，硬要對方道歉，沒有任何意義。

對自己人、對這些男孩都一樣。

自己的行為為什麼不對？

別人現在為什麼要責怪自己？

重要的是讓對方明白錯誤。

必須耐心面對對方，直到他明白自己的問題在哪裡。

這才是「**說教**」。

這才稱得上「**教育**」。刀華非常清楚這一點。

所以，刀華溫柔地握起孩子的手，不催促，不重複相同疑問，默默等待他們得出答案。靜靜地、耐心十足地等著。

男孩終於耐不住性子，張開至今緊閉的小嘴。

「……不對。」

「嗯，這麼做不對。」刀華聞言，點點頭。

「你們也不喜歡突然被人又打又踹，或是隨便被罵，對不對？還是說有人打你、罵你，你會很開心？」

「…………不開心。」

「自己都不喜歡了，就不可以對別人做喔。」

「…………知道了。」

一個，接著一個。

不把自己的想法強壓給孩子，而是慢慢按照孩子的理解速度，陪著他們對答案。

直到他們接受自己被責怪的事實。

「那你們是不是應該道歉？要說『我錯了，對不起』。」

刀華的說教帶著體諒，漸漸軟化男孩倔強的神情，一點一滴融化不滿。

自己做錯事了。

他們其實心知肚明。

刀華慢慢帶著他們理解。自己是因為一時興起，被周遭氣氛影響，才會無視是非對錯。

他們一旦看清事實，就再也無法找藉口。

於是——

「…………那個……」

男孩被逮之後，第一次看向〈若葉之家〉的孩子們。

他們露出慚愧的表情，張開了嘴。

「健太！等一下！」

然而下一秒，拿著棒球的男孩忽然大喊。他叫做誠人，是男孩們的頭頭。

「誠人？」

「不要道歉！我們沒有錯！媽媽他們說過！這間房子裡的人都是『罪犯』，只給城裡的人添麻煩，所以我們不可以跟他們好！」

「!?」

刀華、泡沫以及彼方三人一聽，震驚得幾乎要忘記呼吸。

「我們只是懲罰壞蛋而已！錯的是他們！」

「對、對啊！我們沒有錯！誰要道歉！」

其他兩人聽了誠人的主張，又恢復原本倔強的態度。

他們忘記刀華的教訓，繼續齜牙咧嘴。

「罪犯」。

這個字眼太過強烈，不像小孩的惡言惡語。

刀華藏不住臉上的疑惑——

「等一下，『罪犯』究竟是說——」

「小誠！！！！」

緊接著，高亢的尖叫蓋過男孩的吼叫，響徹斜陽天際。

◆◇◆◇◆

紫色衣服的母親跑在最前頭，直接打了刀華一巴掌。
三名母親見到兒子，小跑步奔上前。
他們是男孩的母親。是院長和彼方撥電話請她們過來。
前方站著三名穿著華美的女子。
男孩們衝著聲音來源大喊。
「媽媽————！」
「————」
「妳對我家孩子做什麼!!」
「媽媽————！」
「健太！有沒有受傷？」
「怕成這樣，好可憐喔。不怕、不怕。」
其他母親抱緊自己的孩子，和紫衣母親一樣橫眉怒目，瞪向刀華一行人。
「我認得妳。妳是那個學生騎士東堂吧。我真是不敢相信！伐刀者怎麼能對這麼小的孩子動粗？」
「我沒有……電話中也跟您解釋過了，他們打破〈若葉之家〉的玻璃門，還想逃走，我只是捉住他們。」

刀華解釋事情經過。

但是這些母親充耳不聞。

「我家小誠怎麼可能做壞事還偷跑！」

「健太也是！反正一定是你們先嚇他！」

「就是說呀！我們的孩子受過教育，做錯事一定要道歉，才不會畏罪潛逃！他們跟這間育幼院的小孩不一樣！」

「……!?」

他們不只臭罵自己，連院裡的孩子也遭殃。刀華的眼鏡後方頓時燃起怒火。但是——

「刀華，這裡就交給我。」

「……拜託妳了。」

刀華很懂事，不會在這裡失控。

她退下來，把場面交給應該出面的人。

〈若葉之家〉的經營者，貴德原家成員，也就是彼方。

彼方和刀華錯身，走到三名母親面前，優雅地行了一禮。

「請恕敝院失禮，不得不在晚餐時間請三位過來。初次見面，我叫做貴德原彼方，是貴德原家當家，貴德原幸太郎的女兒，也擔任貴德原慈善基金會的總務助理。」

「貴、貴德原……！」

「那個大財團的……我在電視上看過這女孩……」

總務助理。彼方的頭銜貨真價實。

彼方的職位只是在出嫁前，用來增添文件上的資歷。但是她的確在貴德原慈善基金會裡，握有某種程度的權力。

她以基金會的相關人士身分，向三位母親表示：

「東堂同學方才所說的全是事實。如三位所見，他們的棒球飛進來，打破〈若葉之家〉的玻璃大門。沒有人受傷算是不幸中的大幸，只是破損的玻璃門不能放著不管。本院希望三位家長能夠負擔維修費用。」

三位母親露出不甘願的表情，壓低聲音，小聲討論。

「怎麼會……真讓人傷腦筋。伊藤太太，妳說是不是？」

「我才不想浪費錢去賠償那種破門呢。」

「……小誠，那門真的是你弄破的？」

「…………」

紫衣母親詢問那名暱稱叫作「小誠」的男孩。男孩心不甘情不願地點頭。

母親深深嘆了一口氣——

「是嗎……一定是育幼院的那群小孩欺負你，你很難過才會這麼做，對不對？」

她憐愛地輕撫孩子的頭。

那名母親的言行讓泡沫瞪大雙眼。

「喂喂喂，妳想說是我們的錯啊!?」

三名母親聞言，眼神變得更凶狠，怒罵回去。

「你們才是胡說八道！我家小誠才不會無緣無故朝別人家裡扔球！你想誣賴人嗎？別開玩笑了！」

「就、就是說啊！怎麼可以單方面責怪我們！太沒禮貌了！」

「健太也是乖孩子，才不會做那種糊塗事！一定是那邊那些小孩先欺負我家孩子！憑什麼要我們付錢？太沒道理了！」

三名母親把原因歸咎到無法確認的過去，恣意喊叫。

對方竟然這麼自我中心又任意妄為。泡沫目瞪口呆，說不出第二句話。

但彼方不同。

由於家境出身，她比在場所有人擁有更多社會經驗。

她很清楚怎麼操控這種厚臉皮的人物。

這類人通常狗眼看人低。

以為喊得夠大聲，對方就會讓步。

想必她們至今都是這樣待人處事。

既然如此，只要讓她們明白，我方並不會讓步，她們自然會變老實。

也就是說——

「……那麼，我們可以麻煩公家機關調查真相。」

「嗄、哈啊!?」

「若是需要搬出過去的事，才能從頭到尾釐清誰對誰錯，當事人彼此爭論，沒完沒了。假如三位當真想歸罪於院裡的孩子，我們只能透過正規管道調查真相。這附近的路口監視器，應該早就錄下棒球飛進來的確切時間與狀況。或許也有第三者目擊案發當下的混亂景象，以及他們當下如何辱罵院裡的孩子。到學校調查，或許也能釐清一部分的前因後果。如果要麻煩公家機關協助調查，整件事就沒辦法私下解決。貴德原慈善基金會將會實際採取法律行動。請問三位意下如何？」

「別、別說傻話了!?妳、妳在想什麼！不過是小朋友的惡作劇，只是破了一片玻璃，竟然要告上法院！萬一影響到我家小誠的未來，你們能負責嗎!?」

「住宅區禁止打棒球，您的孩子也已經小學五年級，並不是聽不懂教訓。諸位家長沒有教育好自己的孩子，影響到孩子的未來，這個責任當然是在家長身上，敝院不需要負責。」

「嗚……」

「……站在貴德原慈善基金會的立場上，原本不應該直接插手育幼院與附近居民的糾紛。但是，這次發生的狀況非常危險，並非純粹破了一片玻璃。倘若令郎明知故犯，敝院不可能坐視不管……敝院一定會付諸行動。」

「～～～！」

彼方的語氣平穩無波，言詞卻毫不留情。

她的壓迫感嚇得三名母親臉色發青。

她們其實心知肚明。

她們只是要賴，扭曲事實。

一旦有第三者介入，她們必輸無疑。

「伊、伊藤太太，不、不需要鬧得這麼大……」

「萬一真的告上法院，丈夫會責怪我的……」

「……唔、我明白了。付錢就付錢！」

三名母親突然態度驟變，老實負擔賠償。

她們不過是虛張聲勢，只要否定她們的前提，大部分糾紛都能輕易解決。

「貴德原小姐真是大驚小怪，區區一扇玻璃門就要上法院。我們家和貴德原家一比，可是窮得不得了，但換做是我們被打破一片玻璃，頂多當作小孩太淘氣，笑一笑就過去了。心胸這麼狹窄，還敢自稱慈善事業，真是笑死人了。各位，妳們說是不是？」

「呃，是啊。就是說啊。」

「伊藤太太說得對極了。」

她們頂多嘴巴上批評彼方。

但這點批評不過是輸家在叫囂。

彼方無動於衷，默默忽略。

「好了，小誠，我們回家。」

然而——有些話不能聽過就算了。

彼方、泡沫，以及刀華都有同感。

所有人都不能無視那句話。

彼方叫住那對母子。

「請留步。」

「怎麼？我已經說會賠償了。」

「方才三位的孩子罵〈若葉之家〉的孩子是『罪犯』，還提到三位家長也這麼說……請問『罪犯』是什麼意思？」

三名母親不耐煩地回過頭，彼方隨即問道。

他們所有人都無法忽視這句侮辱，太羞辱人了。她要弄清楚話裡的意思。

「哎呀，這話當然不是說他們真的犯罪。只不過最近稍微聽到有人在傳呢。附近超市有人偷東西，然後小偷就是那些孩子。」

「我們才不會偷東西！！！」

「不要隨便誣賴人！我們說過多少次，跟我們無關！」

「就是說啊！而且那間超市的東西超貴的。我們平常都是放學後，去山腳下的業務超市買東西。我們只逛過那間超市一次，而且還是剛開幕的時候。」

〈若葉之家〉的孩子至今都在門內旁觀。他們一聽見那名母親的指責，紛紛出聲反駁。

三名母親卻不屑地瞇起眼，隨口說道：

「你們如果真的有偷東西，哪會承認自己犯罪？」

「沒錯、沒錯。」

「而且有人看到育幼院的小孩跑去那間超市，舉止詭異呢。」

「那是……那都是騙人的！」

杏的反駁有如哭喊。

刀華看見她泫然欲泣的表情，並不像在說謊。

「請問……你們有證據證明這些孩子偷東西嗎？不是什麼別人說的，請拿出確切證據。」

「我們沒有證據，所以才說只是傳聞。」

「到底是誰亂傳這種傳聞!?是哪位先生、小姐說自己在那間超市看到院裡的孩子!?」

「誰知道？畢竟只是別人在傳。你們如果是清白的，何必在意這種小謠言？」

「對呀，一直過度反應，反而看起來更可疑。」

「!?」

這些女人的發言簡直令刀華眼前一花。

一個人隨便被人拿這種空穴來風的謠言，汙衊自己是「罪犯」，她的心情可想而知。

「既然你們沒證據，請別隨便散布不實謠言！太不負責任了！」

「……我明白了，我們會記在心上。不過，會傳出這種謠言，也是沒辦法的事。妳不這麼認為嗎？」

「嗄？」

「現在在新市鎮裡，沒有一個家庭的小孩，會因為想要而去偷東西。」

「……偷竊的動機，只有極少數是經濟問題。大部分偷竊犯只是想體驗偷竊的刺激，您的言論並不足以——」

「妳說的也包含在內。」

「……？」

「我和丈夫都有好好教育小孩，不能作奸犯科。

我猜其他家庭也一樣。

但這間育幼院的小孩呢？

光靠那位老婆婆，有能力確實管教這麼多孩子嗎？

我不認為她做得到。

那些『棄子』原本就沒感受過父母的溫暖，情緒不穩定，想必很容易出現反社會舉動，像是動用暴力或偷竊。

大家都會教小孩要好好挑選朋友，不是嗎？

那些小孩沒有受足夠的教育，不知道會對別人做出什麼舉動。小誠他們今天會打破玻璃，其實可以說是為了遠離這些危險人物，無可奈何之下才出現自衛之舉呀。」

「刀華，不可以!!」

刀華無法繼續默默聽這女人數落下去。

泡沫大喊，卻慢了一步。

當他喊出聲，刀華早已伸手揪住誠人母親的衣襟——

「咿!?妳、妳做什麼!?」

「妳、妳們……妳們這算是什麼母親!?」

她難得氣得面紅耳赤，朝那名母親怒吼。

彼方和梨央見狀，頓時臉色蒼白——

「刀華，不可以！快放開她!!」

「刀華姊，快住手！學生騎士要是對人動粗……！」

他們急忙上前阻止。刀華卻堅持不放手。

「妳們不懂嗎？院裡的孩子，沒有一個人是自願成為『棄子』！但妳們竟敢說出這麼過分的話！妳們怎麼可以這麼口無遮攔!?」

刀華並不是不理會兩人。

她氣得七竅生煙，完全聽不見兩人的聲音。

雙親帶給兒時的刀華滿滿的愛，她認為父母就是成熟大人的形象。父母逝世之後，她便一直效仿他們，努力生活。

她知道，並非所有大人都很成熟、很正派。

但只要是為人父母，都應該努力當個正直的人。

這才是為人父母應有的模樣。

孩子會觀察父母的身教，成長茁壯。但是──

「妳們的發言才是真正的『暴力』!!對〈若葉之家〉的孩子們是，**甚至對妳們的孩子也是！怎麼能讓自己的孩子看到醜陋的榜樣!!**」

在〈若葉之家〉的孩子，以及這些母親的孩子眼中，她們的言行會是什麼模樣？

又會對他們造成什麼影響？

刀華一想到這一點就忿忿不平，實在難以忍受。

她激動地落淚，逼近三名母親。但是──

「刀華！！！！」

「！」

責罵響徹天際，制止了刀華的怒火。

西方院長出聲了。

「妳快放手。」

「……媽媽………」

「咿、咿咿咿！要、要殺人了！」

刀華聽見院長的喝斥，當場僵住。那名母親趁機揮開刀華的手，躲到同伴身後。

「伊藤太太，您還好嗎……」

院長走上前關心。母親隨即噴火似地怒吼道：

「怎麼可能還好！太、太不敢相信了！伐刀者竟然對我們普通人出手！這間育幼院到底是怎麼教小孩的!!」

「真是不好意思。我等一下會好好教訓她……」

「誰會信！一發脾氣就動粗！證明她根本沒有受過像樣的教育！我們可是砸大錢買房子，卻得和這些危險人物住在同一區，太糟糕了！田村太太！立刻叫警察！這女的是傷害現行犯!!快讓警察把她帶走!!」

誠人的母親歇斯底里地大吼。

完全忘記自己一開始就朝刀華臉頰摑了一巴掌。

這類人通常完全忘記自己的惡行，非常令人驚訝。

但刀華確實差點攻擊她們。

身為伐刀者，現在警察一來可能會有麻煩上身。

不過──

「「砰咚！！！！」」

事情沒讓她們得逞。

那些母親正要報警的瞬間，某處傳來重物倒塌的巨響，中斷整起騷動。

「怎、怎麼了!?」

「咿、那個老爺爺在做什麼……!?」

所有人看向聲音來源，這才發現有人倒在前方轉角。

那是一名老人，身上穿著枯葉色和服，雙眼裹著繃帶。

「啊、噯呀……不小心搞砸了……拐杖、拐杖在哪……啊、在這裡。」

這名老人外表看起來大概有七十多歲。他伸出消瘦如枯枝的手，在地上摸索。

他摔倒時似乎不小心弄丟拐杖。

他勉強找到拐杖，撐著站起身──

「我、我看各位正在忙……原本想等各位談完……不好意思，打擾各位了……只是我已經快站不住……拜託各位……能不能分一點食物給我……剩飯也可以。」

老人接近一行人，誠心誠意地乞求。

◆◇◆◇◆

由於意料之外的第三者介入，〈若葉之家〉前的紛爭終於落幕。

『嗚、這個髒老頭是誰啊！』、『就是因為這房子瀰漫窮酸味，才會老是吸引怪人過來！』三名母親一邊辱罵，一邊拉著自己的孩子跑開，帶著孩子遠離髒東西。

其中一方跑走了，只剩下刀華等人可以滿足老人的請求。

老人的枯葉色和服破舊不堪。

腳沒有穿鞋，光溜溜的。

脖子掛著小樹枝做成的十字架。

又長又捲的長髮卡著小樹枝和葉片。他可能是穿過草叢而來。

老人的臉最引人注目。他的雙眼裹著繃帶，繃帶上處處沾著小汙垢。很可能是雙眼受傷，或是用來遮掩傷口。

總之從外表來看，這名老人可能有什麼隱情。

但是一眼就能看出，他已經飢渴難耐。

刀華等人沒辦法不管他，便招待他一起用餐。

老人握住十字架，向神明獻上謝飯祈禱，才享用桌上的飯菜。

「……覺得自己重獲新生啊。我已經幾十年沒吃過這麼好吃的飯菜了。」

「哈哈，老爺爺，你太大驚小怪了吧。算你運氣好，正好遇到刀華姊回家。院長下廚的功力比杏還悽慘喔。」

「嗯，刀華姊姊做的飯很好吃！」

「刀華，謝謝妳！」

「我也要向妳道謝，妳救了我一命。」

「不會，我才要感謝您。您在一個很好的時機打斷我們，幫了我們一把。」

刀華做完飯，從餐桌之外向老人回禮。

自己和那些母親都太激動了。

自己的確太過頭，甚至沒發現老人在找時機上前搭話。

她的理智完全控制不了情緒。

雙方再繼續爭執，恐怕會真的請警方到場，最後變成兩敗俱傷。

刀華深深反省，自己不應該造成這種局面。

（……不過，先不想這個。）

反省自我很重要，但是現在應該思考這名老人的來歷。刀華轉移思考目標。

他說自己叫作「播磨天童」。

他究竟是什麼人？從哪裡來？

泡沫正和老人同桌吃飯，正好問了刀華想問的問題。

「是說老爺爺，你為什麼會這麼餓？而且說句失禮的話，你的衣服也髒髒的，到底是從哪裡來的呀？」

他坐在一旁用餐，一邊試探老人。

老人回答：

「我不知道。我之前被關在一棟收容所，逃出來之後，就漫無目的地到處徘徊。」

「你的眼睛看不見，還到處徘徊？」

「是，真的很辛苦。」

「你說自己被關起來，為什麼啊？」

泡沫繼續追問。老人搖了搖頭：

「不好意思……我不太想提原因。我逃是逃出來了，但家人早就去世，現在孑然一身，無依無靠，餓肚子餓了很久……實在耐不住，才會失禮地打擾各位談話，向各位求助。」

「那人家的炸蝦給你吃！」

「也可以挾我的德國香腸吃喔。」

老人的一番話聽起來太可憐。

小花和年紀偏小的孩子紛紛把自己的配菜，挾到老人面前的盤子裡。

老人雙手合十，表達感謝：

「……這些孩子實在太善良了。非常謝謝你們。不過你們的好意我心領了。」

他主動將盤子推開。

「你不要嗎？」

小花話裡滿是疑問。老人揚起柔和的笑容，回答她：

「就算自己餓得幾乎要蒙天寵召，也不能搶小孩的食物。你們有義務吃多一點，好好長大。要乖乖吃飯。」

「長不大的話，會像泡沫哥哥一樣矮嗎？」

「啊──阿泡哥哥又留了小番茄不吃！不可以挑食！」

「唔、我、我已經是成人了，又沒關係！」

「…………」

刀華聽了老人的話，愉快地綻放笑容。

可能是剛才看過那種糟糕的大人。

老人在兒童天真的眼神面前，展現正直大人的模樣，這令她十分開心。

「刀華。」

客廳外的走廊有人在喊自己。

對方站在沒有燈光的陰暗處。是貴德原彼方。

「……彼方，怎麼樣？」

「我按照刀華的吩咐，透過貴德原家向警方確認，是否收到『播磨天童』這名老人家的失蹤通報。也趕緊向這裡的警方確認，失蹤通報裡沒有他的名字。外縣市還要再等消息。」

「謝謝妳。」

之所以不直接聯絡警方，而是透過貴德原的名字探問，是有原因的。

一個老人從收容機構逃走。

刀華等人一聽見這句話，首先就聯想到，有惡劣養護中心虐待老人。

日本社會逐漸高齡化，這類惡毒犯罪便爆發性地成長。

時不時就耳聞這類新聞，而且是越來越多。

若是直接把老人帶回去收容機構，或許會再次引發悲劇。

動用貴德原的名號，或許能讓收容機構軟化態度。

不過——

（……縣內沒有符合的失蹤人口。）

「那位老人家沒帶任何身分證件。『播磨天童』這個名字也不一定是真名。總之我已經將照片留給負責人處理……」

「對照影像還是會花上不少時間，對嗎？他說自己是逃過來的，也可能是越獄犯。但我對照特別徵召時拿到的名單，裡面也沒有他的名字。」

可能要花上一段時間，才能確認老人的身分。

若是讓老人留在育幼院過夜，必須要有人看著他。

總不能給他吃一餐，就趕他出門。

「他不是越獄犯，看起來人也不壞。總之我或彼方，其中一個人一定要待在他身邊，先這樣處理吧。」

「我明白了。」

兩人決定好後，刀華和彼方錯身，走出客廳。眾人還在客廳用餐。

她穿過走廊，來到廚房。

「媽媽。」

「哎呀，刀華。剛才都讓妳做飯了，妳不用幫忙收拾。」

「對呀，我們會負責收拾廚房，刀華姊姊先和大家一起吃飯吧。」

院長和杏在廚房清洗鍋碗瓢盆，一邊對刀華說。但是刀華搖了搖頭。

「不用，我也幫忙。餐桌那邊塞滿人了。」

刀華說完，走進狹小的廚房，拿起布擦乾兩人洗好的碗盤。

她一邊做事，一邊為剛才的魯莽道歉。

「……剛才真對不起。我聽到那些人說出那種話，太氣了，連我自己都嚇一跳……」

杏急忙回答：

「刀華姊姊幹麼道歉？又不是妳的錯！」

刀華為院裡的人生氣，她反而很開心。

就連院長也是——

「……就是說呀。有人發脾氣，也讓伊藤太太的孩子知道，不能隨便對別人出言不遜。妳的憤怒是有意義的。」

她並沒有否定刀華的舉動。

不過——

「但是不可以動粗。刀華還是伐刀者，要更注意呀。」

她也不忘告誡刀華。

院長會當場斥責刀華，也不是否定刀華的憤怒。

而是做為一個母親，為刀華著想。

伐刀者與普通人。

雙方的力量，以及背負的責任完全不一樣。

即便刀華的憤怒有其正當性，法律和社會並不會考量這一點。

「……嗯。」

刀華也明白，乖順地點頭接受。

她聽得進勸誡，內心的憤怒仍然無法釋懷。

一開始看到小花等人身上的瘀血，她還以為只是小孩之間互相欺負。

但是——

「那些孩子說出『棄子』這個詞，我就已經隱約猜到，畢竟這個詞最近已經很少人使用……我一見到那些人，就明白梨央沒說出口的原因是什麼了。小花他們之所以被欺負，全是因為對方的家長。」

院長點點頭。

「小孩子不會懷疑父母說的話。」

的確是那些小孩動手欺負小花和其他育幼院的孩子。

霸凌的原因卻是那些男孩的父母造成的。

父母平時不斷做出歧視〈若葉之家〉的發言。

而且是在小孩聽得到的地方說。

孩子年紀越小，越容易相信父母的片面之詞。

「半年前為止，明明沒發生過這種事，那個伊藤太太搬過來之後……慢慢影響周遭居民……真是太強詞奪理了。我們的確沒辦法過得像附近居民那樣富裕，貴德原的人真的對我們很好。每天有三餐吃，也有好好洗澡。竟然說我們很臭……很窮，才會去當小偷……太過分了……」

杏想起剛才那些男孩的辱罵。

她不甘心地咬緊下唇。

「……雖然他們很過分，其實我和梨央過得還好。上了中學，就很少有同學不思考，直接相信父母的話。但是小花他們……已經不想去學校上課了……」

「學校和教育委員會都不打算介入嗎？」

「我和校方商量過，不過……伊藤太太的父親是縣政府教育委員會的上級，伊藤太太也在小學擔任家長會（ＰＴＡ）會長。」院長說道。

「而且伊藤太太的丈夫是〈佐山汽車〉的人事經理。現在住在這區的人都希望自己的小孩以後可以到〈佐山汽車〉上班，所以都站在伊藤太太那邊。」

越聽越覺得育幼院四面楚歌，刀華不由得咬緊牙。

「他們的地位這麼高，為什麼還要排擠人？太無聊了……！」

「唉……為什麼呢？我也不知道。他們可能覺得自己花大錢買地買房，看不慣有人免費住在同一塊土地上。又或者沒什麼特別的原因，只是想欺負別人。這些孩子這麼可愛，他們居然能對孩子們講出沒人性的話。我實在不能理解這些人。」

院長低聲抱怨著。她的神情非常疲憊。

刀華見到那副虛弱的模樣，更覺得痛心。

她或許是年紀大了，看起來比刀華待在育幼院的時候更瘦弱。

至少自己還在育幼院，這段期間多少要減輕院長的負擔。

刀華心想，擦完碗盤，拿起裝滿廚餘的垃圾袋。

「……我去丟廚餘。」

不過——

「啊，刀華姊姊，等一下。」

「廚餘先放裡面，我明天早上再拿去丟。」

杏和院長叫住刀華。

刀華疑惑地問：

「……？為什麼？垃圾收集場不是就在旁邊？」

沒必要等到早上垃圾車到了再扔。

現在又是夏天，廚餘很容易發臭。

杏悲傷地回答刀華：

「有人擅自換掉收集場的鎖，打不開。」

「──────」

刀華手中的垃圾袋登時滑落。

幸好袋口已經綁緊，廚餘沒有灑出來。但是──

「霸凌不只發生在學校……？」

「這裡的人幾乎換成新居民……為了孩子好，我也想過要搬到別的地方，所以剛才和彼方商量過這事，但似乎很難建立新的育幼院。該怎麼辦才好……」

「──────」

刀華這才察覺。

小花等人受傷只是一小部分結果，她忽略真正的現實。

既然霸凌源頭是家長，事情不可能止步於學校之內。

那些糟糕家長會對小孩灌輸惡質謠言，自然也會欺負獨自支撐育幼院的老太太。

然而──

這位老太太不能示弱。

她不會把自己的傷痛暴露給孩子。

只會強忍痛苦，靜靜忍耐。

刀華很清楚，這位媽媽就是這麼堅強。

……自己時隔半年回到家裡，堅強的媽媽卻讓自己見到如此虛弱的神情。

她已經疲憊不堪。

刀華驚覺這個事實的當下，腦中傳來如同擊鐵撞擊的聲響。

同時，沸騰的情感傾瀉流出。

（為什麼……）

為什麼非得讓她露出這麼辛苦的表情？

她和幾個毫無血緣的孩子住在一起，把他們當成親生兒女，無微不至地照顧他們。

二十四小時，三百六十五天，時時刻刻陪在孩子身邊。

這對她來說不是工作，不是奉獻。

是信念。

她名副其實獻出自己的人生，只為了讓失去父母的孩子，擁有更加富足的人生。

不是人人都能做得來這種苦差事。

她的信念多麼高尚、多麼值得尊敬。

那些傢伙卻強詞奪理，蠻橫地壓迫這名女性。

——這一剎那，刀華腦中浮現去年的記憶。

七星劍武祭季軍賽之前，她接到院長心臟病發消息。當時的自己有多絕望。

院長若是繼續承受這種精神負擔，難保不會發生第二次。

必須保護她。

豈能坐視這種荒唐事？

自己——絕對不會原諒這種荒謬狀況。

「您放心。」

刀華的低語十分冷淡，她撿起垃圾袋。

接著——

「從現在起，我一定會保護大家。」

「刀華……」

她無視兩人的提醒，從後門走到地區共用的垃圾收集場。

◆◇◆◇◆

公用垃圾收集場的柵欄門鎖，是常見的掛鎖。

這種鎖頭對刀華來說，毫無用處。

她以電磁力操作鎖內構造，打開鎖頭，將垃圾袋扔進收集場之後，回到〈若葉之家〉。

一路上，院長方才虛弱的神情始終在刀華腦海裡揮之不去。

院長說，或許應該搬到別的地方生活。

但彼方面有難色，代表遷離育幼院並不容易。

畢竟這類機構需要收容大量兒童，還得讓孩子們集體生活。

遷移地點原本就難找，也需要一大筆遷移費用。

即便幸運找到滿足條件的新天地，當地居民也不一定能爽快接納〈若葉之家〉。

有些地區的居民甚至會以地價會貶值為理由，發起反對運動。近年以「避鄰效應（Not In My Back Yard）」為名，陸續有相關抗議活動引發話題。

因此，貴德原慈善基金會希望盡可能維持已經建立的機構。

刀華也贊成貴德原的想法。

遷移，代表必須捨棄現在的生活。

必須拋棄習慣的土地、房子、人際關係，一點都不剩。

開什麼玩笑。

明明是他們先住進這塊土地。

那些新居民是新市鎮建立之後才搬來，他們為什麼必須對後到之輩言聽計從，甚至被迫離開自己的家園。

光是必須討論遷離，就令人一肚子火。

（誰會讓他們得逞。）

平時〈若葉之家〉只有院長一個成年人，那些傢伙才敢這麼囂張。

一個老太太，無力抵抗他們。

對手不會還手，他們想怎麼揍就怎麼揍。

他們只敢欺負弱小，就是一群小人。

今天他們對彼方的態度，證明了一切。

那麼，處理方式簡單多了。

只要自己住進育幼院，就能解決問題。

自己參與特別徵召，已經累積足夠功績考取魔法騎士執照。她已經不需要每天到校上課。

她如果維持最低限度的上課日數，守在院長身邊，那些傢伙就無計可施。

他們想搞什麼小動作，動用能力就能輕易察覺。

若是他們騷擾育幼院留下證據，就有藉口對他們進行社會性抹殺。

警察總是等到事發之後才有動作。換做是自己出馬請求協助，警方一定會立刻行動，盡全力協助自己調查真相。〈雷切〉之名——以及名號下累積的功績，就是這麼有價值。

自己的名號能夠充分動用公權力。相較之下，ＰＴＡ會長、公司經理根本小巫見大巫。

刀華並不喜歡濫用權力，但是對方這麼愛找麻煩，也是無可奈何。

屆時，自己會毫不留情擊潰那些邪惡企圖。

……就如前述。

刀華怒氣衝天，腦中盡在思考對策，心不在焉。

她一回到家，放洗澡水時；

院長拜託她找浴衣，想拿給走失老人當作換洗衣物時；

還有她送浴衣給老人的時候，一直在想事情。

所以，她不小心犯錯了。

她竟然沒有敲門，直接打開更衣間的門。

「————啊。」

「嗯？是哪一位進來了？」

刀華打開更衣間的門，老人正好走出浴室。

兩人正巧碰上，她一不小心看光老人的裸體——

「…………」

她嚇得瞪大雙眼，僵在原地好一陣子。

不過——

「……這個呼吸方式…………是刀華小姐呀。」

刀華聽見老人的話，猛地回神，趕緊道歉：

「對、對不起！我真是的，想事情想到出神……！」

「果然是妳呀。哪裡，我都這把歲數了，被人看了也不害羞的……倒是刀華小姐來這裡，有何貴幹？」

老人似乎看不見刀華手中的浴衣。

刀華回答老人的疑問。

「啊，是。我拿換洗衣物來給播磨先生。您暫時先穿這件浴衣，等衣服乾吧。不過這是女用浴衣，尺寸可能不太合……」

「喔喔，妳竟然幫我洗了衣服嗎？」

「畢、畢竟衣服滿髒的……」

「還替我準備換洗衣物，真是太麻煩妳了，謝謝。」

老人道完謝，用浴巾擦乾手，伸手摸索。

刀華將浴衣遞到指頭前，他有禮地接過浴衣。

她的目的達成了。

「真的不好意思……！」

自己不夠謹慎，不小心讓老人丟臉。刀華再次道歉，走出更衣間。

她關上門——

「…………………………」

又停下腳步。

刀華在兩人巧遇的瞬間，不小心看見了。

她下意識，**看出神了**。

老人瘦成皮包骨的身軀上，刻有無數傷痕。

「……請問……」

「是？什麼事？」

「那個，您身上的傷……」

她太在意了。

刀華隔著門，詢問老人。

「那些傷疤，不是普通的傷，對不對？」

「哎呀，妳看得出來？」

「……我畢竟是一名騎士。」

沒錯，正因為刀華是騎士，她很清楚怎麼做，可以在人體上留下哪一種傷痕。

純粹的舊傷不會吸引刀華的目光。

然而老人身上的傷疤，並不單純。

撕裂傷疤、穿刺疤遍及全身。撕扯肌肉的痕跡，燒爛的皮膚。腹部、側腹的手術切痕、縫合痕跡、無數注射孔洞以及鑽孔，感受不到任何顧忌。骨骼不自然扭曲，最後是……無力下垂的眼瞼，裡頭的眼球早已遭人刨除。

他一身──都是拷問疤痕，而且極其悽慘。

「真是不好意思，讓妳看見傷眼的東西了。」

「不、別這麼說……我只是很在意，您怎麼受過這麼嚴重的傷？」

「原來如此。」老人聞言，悄聲說完，隔著門對刀華解釋：

「……我瞎了以後，看不見自己的長相，但從周遭人的反應來看，我的外貌比實際年齡年輕許多，可能看起來七十多歲。我的年紀其實更老一些……我在第二次世界大戰時參軍過。」

「！所以那身傷是……！」

「是，就是戰時留下的……我隸屬的大隊當時已經深入大陸，軍隊撤退時，全隊人馬直接被拋棄。結果敵軍包圍我們，俘虜了所有人……之後的遭遇，最好不要說給年輕小姐聽啊。」

老人含糊帶過。

但是看到傷疤，就知道他曾經遭受多麼慘不忍睹的虐待。

在那個時代，日本人在大陸人眼中，就是侵略者。

一旦遭到俘虜，對方不可能手下留情。

殘害到瀕臨極限，唯有死亡是唯一出路。這名老人經歷了地獄。

「……我只是個小女孩，對長輩說這種話或許有點僭越。多虧各位努力奮戰，我們才有今天的生活，請讓我向您致敬。辛苦您了。」

「呵呵，我在刀華小姐這個年紀，可不像妳這麼有禮貌。院裡的孩子告訴我，妳也是出身自這間育幼院。妳受過很良好的教育呀。」

「都要多虧媽媽和貴德原家，我非常感謝他們。」

刀華點了點頭，向老人道歉。畢竟是自己讓他回想起不堪的過往。

「……真是不好意思，讓您告訴我這麼難過的事。那我就失陪了。」

接著，她準備離去。

不過──

「啊，請等一下……我也有一個問題想請教妳。」

老人從門的另一頭叫住刀華。

「是？請說。」

「聽方才的爭執，還有廚房裡的談話，現在這間機構面臨十分惱人的問題，是不是？」

刀華一驚。

「您聽見了？」

「不好意思，居然偷聽各位談話。不過我瞎了眼，聽力是唯一的救命繩，總是會不小心聽見。」

刀華心想，原來如此，那也無可奈何。

他只靠呼吸方式，就猜出眼前的人是刀華。

老人的聽力絕佳，想必也能一邊和孩子談笑，一邊聽清楚廚房的對話。

但是老人是外人，他何必在意院裡的對話？

刀華一臉疑惑。老人開口問道：

「妳說要保護所有人，請問妳實際上想要怎麼保護他們？」

「……我明年才畢業，但我已經累積必要的功績，足以考取魔法騎士執照。所以我打算暫時不回學校，在育幼院裡待上一陣子。」

刀華不懂老人為何要問自己的打算，但沒必要隱瞞。她誠實地回答：

「我在日本還算有點名氣。只要我盯得夠緊，他們就沒辦法像以往一樣騷擾育幼院。」

老人聽完刀華的答案──感想有點出乎意料。

「……妳真是**燦爛**啊。」

「燦爛？」

盲眼老人說出不知所以然的話。

刀華疑惑地歪了歪頭，正想反問言下之意──

「但是，最好別這麼做。」

否定宛如利刃，果斷地飛進耳中，她不禁語塞。

「為、為什麼不行？」

刀華不明白老人為何勸阻她。

老人和育幼院非親非故，為何會對育幼院的難題有興趣？刀華不明白，比起這個問題，她更不懂的是，他為何不贊成自己對抗那些惡意？

老人的語氣像在提醒刀華：

「刀華小姐，雖然這麼問，很像是用問題回答問題。妳認為為何會發生爭吵？」

「……任意妄為的人類，因為自私迫害別人。」

「不對。」

「不夠了解……？」

「是因為不夠了解彼此，才會引發紛爭。」

老人否定刀華的回答，公布答案。

「刀華小姐，我經歷**那場戰爭**之後，能肯定一件事，那就是『人性本善』。人類並不會無緣無故傷害他人，非常與眾不同。人若是傷害他人，一定有其原因。就連那些母子也一樣。倘若不去理解原因，以暴制暴……就會引發戰爭。」

「……！所以您是叫我們不要抵抗他們的蠻橫!?那些孩子、媽媽和大家明明沒有做錯任何事！難道他們就可以繼續踐踏弱小!?」

與其平白無故遭人踐踏，起身戰鬥更有意義。

「妳說得沒錯，有些困難，的確需要以力量排除，這是事實。」老人聽了刀華的反駁，先是認同她，接著──

「但這次真的有必要以暴制暴？妳說現在除了動用力量，沒有其他解決辦法，但妳真的深入了解過那些家庭？那些家庭又足夠了解妳們？」

「這……」

「**未知**會引發同等的**恐懼**。比方說……刀華小姐也正在提防我。」

「……！」

對方猜中自己的想法。刀華啞口無言。

他聽得見自己在廚房的對話。

那麼，他當時待在同一個房間，自己和彼方的對話當然也聽得一清二楚。

自己的確在提防這名老人。

畢竟對方來路不明，這點自衛理所當然。

而老人認為……那些新市鎮的居民最近才剛搬進來，這道理在他們身上也說得通。

「可是……可是──」

刀華沒辦法反駁老人的說法，但她也吞不下這口氣，老半天說不出半句話。

更衣間的門開了，老人走出更衣間。院長的浴衣對老人來說，果然短了一些。

他面對刀華──

「人與人只要互相理解，就很難憎恨彼此。刀華小姐，我很感謝各位的照顧，能不能讓我協助妳們面對眼前的問題，做為謝禮？只不過，可能需要花點時間。」

平靜地向她提議。

◆◇◆◇◆

隔天早上。

〈若葉之家〉的孩子以及返鄉組三人，一起前往新市鎮旁的大公園。

他們之所以來公園——

「要去淨街？」

杏這麼一問，院長率領眾人，笑容滿面地回答：

「今天大家就在這座公園和外面的街道撿垃圾。我現在來發手套，大家都要戴。要小心碎瓶子之類的，很危險喔。」

「院長，為什麼要撿垃圾？」

「路上跟公園變乾淨，大家會很開心，對不對？」

「啊，嗯。是會很開心，可是——」

「這是大家共用的地方，要大家一起維持整潔喔。」

「說得也是。」

「好——」

「好欸，反正都要撿，大家來比比看，誰撿的垃圾多！」

年幼的小孩子老實聽從院長。

但較年長的兩名中學生仍然維持複雜的神情。

兩人還覺得莫名其妙。院長不知道有什麼心境變化，忽然提議淨街活動。

也難怪他們會疑惑。

畢竟一開始並不是院長提議要做義工。

「表面上是院長提議，也是院長帶大家來參加，但這是那個老爺爺的點子，對吧？」

刀華聽泡沫問起，點了點頭。

「嗯，院長昨天晚上和他談了一下。」

老人在更衣間聊完以後，也向院長表示，自己希望協助〈若葉之家〉解決問題。

刀華在一旁遠遠看著兩人。院長當下面帶疑惑，但她應該同意了老人的提議，今天才會帶隊出來。

「阿姨，妳們是〈若葉之家〉育幼院的人嗎？」

院長在發放手套時，一名女子前來向院長搭話。

女子梳著誇張的龐克髮型，穿著運動服。

她身後領著十個男人，也都打扮得十分浮誇。

這景象太震撼，小孩紛紛瑟縮起來。

「哎呀，昨天就是妳接了電話？」

院長毫不畏懼，親切地回應女子。

打扮誇張的女子點了點頭。

「安安，我是永德學園志工社社長，我叫做紺野。後面那些人是社員。感謝你們參加今天的淨街活動喔！」

「我才要謝謝妳讓我們臨時加入。不過你們這麼年輕，竟然願意義務打掃街道，真令人佩服。」

「就是年輕才要做呀。我們多的是活力，可以享受青春，有時也想做些有益社會的事嘛！你們說對不對？」

「「YEAH！」」

「那我們趕快開始淨街囉。阿健，把垃圾袋發給小孩。」

男人按照指示，把市府規定的垃圾袋發給〈若葉之家〉的孩子們。

他們外表看似粗野，其實只是附近大學的志工社團。

「不是只有〈若葉之家〉要做義工啊？」

「是的，還有其他成員。」

刀華和泡沫站在距離孩子一步之外。話題中的老人，播磨天童上前搭話。

「他們是山腳下那所大學的學生。〈若葉之家〉可以自己舉辦活動，但是撿垃圾活動必須事先向政府申請。這次是直接加入已經預定的活動。」

「原來如此，所以才會今天突然跑出來。」

刀華聽完解釋，才明白活動為何迅速定案。

另一方面——

「……我聽刀華說了，你認為彼此了解比直接抵抗更重要？」

泡沫狐疑地仰望老人。

「是的，我是這麼說沒錯。」

「也就是說，你想利用志工活動提升〈若葉之家〉的形象？」

「沒有錯。」

「……這不會太刻意？我覺得外人反而會反彈。」

「沒有這回事。」

刀華和泡沫有同樣的擔憂。

老人卻明確地否定他們。

「無論契機為何，只要心誠，人們一定感受得到……那些孩子都非常心地善良，願意將喜歡的配菜分給素昧平生的我。內心沒有一絲虛假。那麼，他們的誠意必定能傳達出去。」

因為「人性本善」。

老人說完想法，拄著拐杖走向孩子。

「真的沒問題嗎……」

會不會反被當成裝乖，繼續受人欺負？

泡沫仍然拋不開疑慮。

刀華也有同感。

她始終抱持疑問。這麼做真能和那群壞心眼的大人互相理解？

但是——

「我覺得那位老人家的意見很正確。」

貴德原彼方一個人姍姍來遲。她明白老人為何要策劃今天的淨街活動。

「啊，彼方，妳換運動服了？真難得。」

「考量到今天的目的，不太方便穿著那身禮服參加。」

彼方一反平時的裝扮，穿得十分樸實。她將政府指定垃圾袋遞給刀華和泡沫，繼續解釋：

「慈善活動總是會招來批評。每次有企業家捐款的時候，不都會聽見這類批判嗎？『偽善』、『刻意裝好人』等等。」

「喔，的確很常聽到。」

「他們的批評或許說中一部分事實。但——這其實無所謂。假如偽善救得了人，那麼這舉止就值得尊敬。比起什麼也不做，只會批評做出行動的人，偽善更有價值。一定有人願意理解，也有人贊同——」

彼方說道。這些人會擴大活動規模，進而讓社會理解自己。

「既然如此，付諸行動就很重要了。我認為在大眾理解〈若葉之家〉的前提下，今天的活動有它的實質意義。更何況，若是昨天那些太太撞見這次活動，特地來批評我們偽善，別忘記我們現在還待在〈若葉之家〉。我們可以親手保護孩子。」

「……說得也是。」

刀華認為彼方說得對，表示同意。

與其坐著挨打，主動行動的確更好。

再說，假如自己跟泡沫的擔憂成真，事情往壞的方向發展，他們還陪在孩子身邊，絕不會讓那些母親恣意妄為。

他們一定會挺身而出。

三人確認彼此的想法。

當他們取得共識，彼方稍微壓低音量，悄聲說道：

「話又說回來，那位老人家……很熟練呢。」

「彼方，熟練是什麼意思？」

「每個地區總會有學生或民間社團做志工，但很少人會知道這些活動，也不會知道活動本身會募集參加者。院長一定也不知道。」

「的確……」

「昨晚擬定計畫，當下直接找到合適的活動，接觸負責人。他懂得利用義工活動提升形象，手段俐落迅速。如此熟練，很可能以前也做過類似的宣傳。而且……」

彼方瞇起藍眼，凝視著老人。孩子已經開始淨街，老人融入在其中。

他眼瞎，必須摸索好一陣子才找得到垃圾。

他在孩子協助之下，好不容易才撿起垃圾。

如果講求效率，他不應該一起下去淨街。

老人卻一邊感謝孩子，一邊清理街道。

據彼方所說，他是刻意選擇融入。

「小孩都想裝大人，所以喜歡幫助別人。他親切又仔細，適時和孩子們對話，以免他們厭煩。那位老人家非常習慣**領導他人**。他或許曾經領導大型組織，可能是公司或團體。」

「……他究竟是什麼來歷？」

老人不願提起過去。

自己來自何方，過往的經歷，全都閉口不談。

說實話，這個老人太可疑，也令刀華提不起勁參與他提議的活動。

自己並不認為他是壞人，但是……

正當三人思考老人的來歷──

「喂，那邊三個人，你們不要偷懶，快幫忙啦。」

梨央看他們一直說話不動手，出聲催促。

「不好意思——！」彼方回答完：

「我們之後再討論老人家的來歷，現在先跟大家一起清理街道。至少要稍微柔化〈若葉之家〉的形象。」

「嗯。」

「難得的暑假居然要撿垃圾啊。」

於是，刀華一行人陪著孩子、大學生，一起努力清理街道。

◆◇◆◇◆

一決定動手做，這類志工服務其實做起來很愉快。

刀華原本就喜歡幫助別人。

最重要的是，小花這些年幼孩子一直做得很快樂。

難得的暑假，他們卻帶去參加大人發起的淨街活動。除了老人親切地與孩子交流，主辦方的大學生也幫了不少忙，才讓孩子快樂參與淨街。

他們收到孩子撿來的垃圾後——

『嗯——這個應該值三十心動點數！』

『咦——那個就有三十點，那我撿到的半裸莉莉嘉人偶應該要有四十心動點數呀！』

用奇怪的評分標準幫孩子計分、比大小；還用垃圾做出奇怪模型，取悅孩子；午休還會陪孩子一起玩踢罐子。

下午一行人分成大學生隊與〈若葉之家〉隊，比賽哪一隊撿的垃圾越多，贏的一方可以獲得豪華獎品，藉此提升孩子撿垃圾的積極度。結果是〈若葉之家〉獲勝，大學生隊把社團的舊桌遊送給孩子，做為獎品。

其實……大學生隊有十名以上的大人，不可能輸給小朋友。他們應該是在定勝負之前，偷偷掉包垃圾數量，好讓這些臨時參加的小參加者，開心度過今天的活動。

——〈若葉之家〉的志工活動不只這一天。

隔天，再隔天，大家都一起參與各式各樣的志工，例如在街上撿垃圾、去公園幫忙漆油漆、拜訪老人養護中心等等。

這些點子都出自那名老人。

他說，活動必須持續進行才有意義。

現在正好是暑假，天天都會舉辦地區性的志工活動，只要有網路就能輕易找到，不愁沒活動。

而參與活動的時間都非常充實，也十分正面。

忙碌的現代日本社會中，會參加這類活動的人，都願意為他人花費自己的時間。

他們對年幼的參加者抱有好感，不會像那些母親一樣帶有敵意，或是口出攻擊。還會從頭開始，仔細教導孩子工作內容，或是老遊戲的規則，好讓他們能和養護中心的老人一起玩耍。

孩子會看著大人的言行長大。

這些孩子已經看見大人醜惡的一面，透過志工活動，讓孩子看看大人正面的姿態，也有其正向意義。

……扣除參與志工活動，老人還準備了另外一項提升形象的方式，兩者同時進行。

這個方式不像志工活動這麼費工。

那就是每日問候。

保持笑容，在街道上問候行人。就這麼簡單。院長原本就教導孩子要時時問候別人，但是當新舊居民交替，這附近多了伊藤這類壞心眼又狹窄的居民，每當他們笑著打招呼，總是得到厭惡的表情，孩子也漸漸退縮了。

老人告訴所有人，需要重新認知問候的重要性。

『他們非常膽小。沒錯，他們是大人，卻很怯懦。他們不了解你們，因為害怕而對你們起戒心。正因為如此，你們溫柔又勇敢，要主動靠近他們，告訴膽小怕事的大人，我們並不可怕。』

於是……〈若葉之家〉同時開始這兩項提升形象的活動，過了五天，漸漸開始生效。

傍晚，負責採買晚餐材料的孩子一回到家，就雀躍無比地告訴所有人。附近的人因為〈若葉之家〉幫忙打掃街道、有精神地打招呼，開始稱讚他們。

伊藤這類惡劣人士，當然不可能突然改變態度。刀華等人也不時聽見，這些人背地裡批判〈若葉之家〉太裝模作樣、目的太明顯。

但是，這地區的居民就算只計算這一帶，至少多達幾千人。不可能所有人都像伊藤這麼具攻擊性。他們不會擺出那麼激烈的態度，也不像那些太太那麼幼稚，不會執拗地攻擊〈若葉之家〉，也沒興趣批評。大部分居民都是這麼沉默。

為什麼？

因為他們根本不認識〈若葉之家〉。

〈若葉之家〉裡的孩子過著什麼生活，接受什麼樣的教育，這些居民不知道，也不感興趣。老人的宣傳行動，反而推動這些沉默的大多數認識〈若葉之家〉。

周遭居民逐漸變化，孩子參與公益活動之後，笑容更多了。即使刀華和泡沫一開始質疑老人提倡的行動，見到種種變化，也不得不改變想法。

老人提議的行動，或許無法和那些惡劣母親互相理解，卻也並非白費力氣。

這些行為都具有正向意義。

……他們的確開始這麼認為。

事件就發生在不久之後。

◆◇◆◇◆

「這是、什麼……」

一大早，刀華聽見年幼孩子的抽泣聲，急忙奔到中庭。

接著，她啞然失色。

〈若葉之家〉的中庭到處都是廚餘，散發腐臭味。

「媽媽，這是、怎麼回事……？」

刀華問道。院長就在外側長廊上，抱緊孩子。

她輕撫孩子們的後腦勺，哀傷地回答：

「一早起來，我聞到奇怪的臭味，走過來一看，中庭已經是這副模樣了。」

「是誰做這種事……唔、太過分了……」

「還會有誰！」

杏哽咽地喃喃問道。梨央氣得怒吼：

「除了那群老太婆，誰會幹這種勾當！混蛋！我絕對不會放過她們！」

梨央往長廊的柱子用力一搥，發洩怒氣。

他是院裡年長的男孩子，這憤怒也許出自責任感。

刀華和泡沫同樣氣憤。

憤怒早已超過沸點，兩人氣得臉色翻紅又發青。

就在這個時間點。

「哎呀呀，我還在想**這裡怎麼比平常更臭了**，這是怎麼了？」

話題中的人物，她刺耳的聲音正好傳進眾人耳裡。

穿著紫色洋裝的妙齡女子。

她就是伊藤，是她在刀華返鄉第一天，口無遮攔辱罵〈若葉之家〉。

伊藤帶著當天同行的媽媽好友，在〈若葉之家〉門前皺起眉頭。

「妳們看呀，這庭院到處都是廚餘。到底在做什麼呢？」

「呃、是啊……真是的……」

「真是臭死人了……」

媽媽好友也附和道，和伊藤一樣皺起眉頭。

這三個人出現的時機太湊巧了。刀華說道：

「是妳們做的？」

「「……！」」

兩名跟班聽見刀華質問，臉色一綠。只有伊藤無動於衷。

「哎呀，真是的，請別故意牽拖好嗎？明明是你們自己收集垃圾，又自己打翻了。我聽說了，你們最近不是很努力收垃圾嗎？妳們說是不是？」

「……是、是啊。」

「是呀……」

「你們這麼喜歡垃圾，下次我也把家裡的垃圾拿來送你們好了。公共垃圾場變寬了，對我們也很有幫助呢。哈哈哈。」

這只是假設。

假設不是她們做的，為什麼她見到這副慘狀，還笑得出來？

她們的行為太難以理解，足以毀掉刀華一行人最後一分耐心。

「刀華，我發動能力，馬上就能揪出凶手。這次別再阻止我。」

「嗯，我也忍到極限了。」

「咦？能、能力？」

伊藤聽見這危險字眼，頓時繃緊了臉。

泡沫答道：

「我和刀華一樣，都是破軍的學生騎士。而我的伐刀絕技〈絕對不確定性〉，可以操縱事件的『結果』。我現在就把結果改成**自己看到事發現場**。那麼，我的腦中馬上就會浮現凶手的容貌。」

「「——————!?」」

三名母親的表情頓時變得焦躁又狼狽。

泡沫的因果干涉系能力十分稀有。

大部分人對於伐刀者能力的認知，就是會噴火、發出雷電，簡單明瞭。對於非伐刀者來說，更是如此。

這些母親也是同一類人。

伊藤馬上噴著口水抗議：

「學、學生騎士怎麼能在校外用魔法!?」

「我好歹是破軍的學生會副會長，擁有和地位相應的權力。說得具體一點，我在迫不得已的時候，可以在校外動用**不帶殺傷力**的能力。」

「什……」

「現在放暑假，搞不好我這藉口派不上用場。真要判我違規使用能力也無所謂，要罰就罰──有人敢惡整我的家人，我會先讓那混帳死得很難看。」

「～～～～！快、快住手──」

泡沫當然充耳不聞。

他比出手槍手勢，對準自己的太陽穴，發動伐刀絕技。

「慢著。」

當他正要扣下扳機。

某個人物抓住泡沫的手，阻止了他。

是那名老人，播磨天童。

「……你搞什麼？」

泡沫問道，語氣甚至帶著殺意。

老人卻不害怕，平靜如水地說：

「動用你的力量，或許馬上能知道凶手就在她們之中。但到時候，雙方必定會決裂。人與人之間的往來，有些事情保持模糊會更順遂。」

「那種屁話有用才怪！！！！」

「唔、這、這裡這麼臭，怎麼能繼續待下去！衣服會沾到味道！兩位，我們走吧！」

伊藤見到泡沫與老人爭執，不會放過這機會。

她們趁機逃走，快步離開〈若葉之家〉。

但她們逃走也無濟於事。

這次〈絕對不確定性〉的對象是泡沫自己，改變的是自己早上的行動。

她們逃走，也躲不掉改變後的因果。

「小沫，動手。違規使用的責任我來擔。」

「刀華小姐……」

「我很感謝播磨先生，你為〈若葉之家〉想了很多解決方法。我也認為你的方式有其道理，但是——」

但是，不夠。

對方抱持惡意接近，企圖迫害他們。這麼做無法與這些惡劣的人互相理解。

這副慘狀就是證據。既然如此——

「我不能繼續眼睜睜看著自己的家人莫名受人打壓。」

「忍耐也是一種戰鬥方式，有些事忍到最後，才會有收穫。」

「並沒有。」

「先聽聽**他們**的解釋，再下決定也不遲。」

「……咦？」

刀華面帶疑惑，不明白老人的言下之意。

老人見狀——

「我知道你們在那裡。是不是有話想對我們說？過來吧。」

他朝大門旁的磚牆說道。

磚牆陰影處出現三個小男孩。

「「…………………」」

「你、你們是……」

「誠人……」

他們是小花的同學，也是那些母親的孩子。

「那、那個……就是……」

「你們是伊藤太太他們的小朋友，對不對？你們想跟我們說什麼？」

院長靠近三個小孩，問道。

三人尷尬地看了看彼此，仍然吞吞吐吐。

彷彿希望自己以外的人先說話。

良久──

「「「對不起！！！」」」

三人異口同聲，低頭道歉。

「是我們亂丟這些廚餘。」

「我們和媽媽一起過來……早上丟的……」

「誠人的媽媽要我們幫忙，所以才……」

「「「──!?」」」

說實話，眾人早就隱約察覺，凶手就是那些母親。

他們並不訝異。

她們的兒子跑來道歉……這比較令人驚訝。

「……這樣呀。可是……你們老實道歉了，為什麼呢？」

院長配合男孩們的視線，問出所有人共同的疑問。

帶頭的誠人看向屋內的刀華，回答道：

「因為那個大姊姊生氣了。」

「欺負小花她們很有趣，跟媽媽說也不會被罵，所以我以為沒關係。可是……看到媽媽她們被罵了，果然還是覺得，我們做錯事了……」

「……！」

「而、而且……媽媽她們總是說這裡的人又窮又會偷東西，很壞。可是，我們平常會去的公園，還有其他地方都變乾淨了。我就想，他們也沒這麼壞……」

「所以我們一起說好，要來跟大家道歉。」

他們看向小花那些同齡孩子，再次低頭。

「小花，那個……對不起……」

院長輕柔地撫摸三人的頭：

「這樣呀……你們一定很努力思考該怎麼做。小花，還有大家……你們聽到了嗎？」

她回過頭，問向〈若葉之家〉的孩子們。

「我知道，大家在學校都過得很不開心，可是他們現在向你們道歉了。他們不是被大人逼著道歉，而是自己思考，自己決定要道歉……這很需要勇氣。你們或許忘不了他們以前做過的事……但是，能不能原諒他們呢？」

「「…………」」

孩子不知所措，沉默不語。

畢竟道歉來得太突然，他們還沒有釐清自己的心情。

但是，他們並沒有消化太久。

一片沉默當中，小花率先走下長廊，對三人說道：

「你們可以一起幫我們打掃嗎？」

三人聞言，神情一亮。

「呃，好、當然好！對不對!?」

「嗯！現在就掃！」

他們手忙腳亂地跑進〈若葉之家〉的中庭。

孩子們也歡迎三名男孩，互相對話。

他們笨拙，仍然努力接近彼此。

「…………怎麼會……」

刀華和泡沫在旁邊見證孩子的變化，臉上盡是藏不住的疑惑。

為什麼他們願意道歉？

為什麼孩子們願意原諒男孩？

兩人的思考還跟不上狀況。

老人對兩人說道：

「『人性本善』，人類原本就是如此高貴。」

他不斷提到這句話。

「人不會平白無故傷害他人。即便有原因，大部分都是出自陌生，進而引發誤會……透過這次事件，那些男孩知道〈若葉之家〉的人，並不像母親口中說的惡劣；你們也知道，那些男孩其實既勇敢又直率，做了壞事能夠好好道歉。既然如此，你們不再需要繼續爭吵。」

老人述說道。既然「人性本善」，所謂的「惡」必定是後天造成。

因此，小孩比大人擁有更強烈、更純粹的「善」，也比大人更能坦率接受眼前的事實。

「即便大人無法像天真的孩童一樣改變，總有一天他們會了解，育幼院裡的孩子其實非常善良。」

「嗚哇，這什麼狀況？好臭！」

「怎麼了？你們不小心打翻廚餘桶嗎？」

下一秒，某處傳來陌生的慘叫。

看向聲音來源，發現大門前站著兩個人。他們是〈若葉之家〉志工活動第一天裡，那群髮型浮誇的大學生。

「是做志工的大姊跟大哥，你們怎麼會來？」

梨央問道。女大學生舉起塑膠袋，回答道：

「嗯？我不是答應你們，要送桌遊給你們當獎品？就向院長太太問了地址。你看，我帶來了。是說好像發生不得了的事，怎啦？」

「嗯……就是、有人騷擾，這樣。」

「嗄啊!?對這間育幼院嗎!?這裡這麼多小孩耶!?哇靠，太不可原諒了。是哪個混球敢這麼做啊!!」

「已經沒關係了。因為……發生了更令人開心的事。」

女大學生忿忿不平。梨央回答她之後，吸了吸鼻子。

「……我們是外人嘛，你們說沒事的話，我們也沒辦法說什麼啦。」女大學生聞言，雖然不解，也不繼續深究。

「不過人手越多越好，我們也來幫忙整理。阿健，休旅車裡有塑膠手套嗎？」

「啊，之前去清水溝的時候有放，應該還在車上。」

「那你去拿過來，每個人都要有喔。空手清這玩意太臭了。」

「喔，好。」

沒有任何人開口，兩人便主動準備清理。

這景象，再加上老人的話語——

「小沫……」

「……算了，妳不用說，我知道……」

刀華和泡沫明白了。

為什麼自己的思考跟不上眼前的變化？

他們找到原因了。

自己在不知不覺間**輕視了一些事物**。

外人的溫柔，以及人善良的一面。

他們身為伐刀者，一出生就擁有力量，能夠自行克服大部分的困難。

兩人做為出身自〈若葉之家〉的成年人，過於自傲，認為自己必須守護這些孩子。

種種要素，使得兩人不知不覺間，不再相信他人的善意，只顧著動用自己的力量。

兩人驚覺這一點，羞愧彷彿勒緊了身體。

「講得難聽一點，我和刀華都還很幼稚啊……」

他們不夠堅強，不敢去相信別人。

假如他們不相信那些男孩，也不打算了解他們，選擇直接攻擊，這份懦弱恐怕會毀壞眼前的景象。

這實在太令人恐懼、太羞愧了。刀華向老人低下頭。

「……播磨先生，非常謝謝您。若不是您在場，我恐怕會犯下無法挽回的錯。自己實在目光短淺，真是太慚愧了。我……還很幼稚呢。」

老人聞言，說道：「……不需要看輕自己。」

「妳願意為家人發怒，盡力保護家人。這很美好。

幸虧這間育幼院裡的各位都保有善良的心，院長也努力培育各位，將各位導向正道，今天你們才能和那些男孩和解。我頂多是給了點意見，讓外人更容易明白，育幼院裡的人們有多麼良善。」

所以——老人輕撫刀華的頭。

「妳或許還不如院長，還沒成為一個偉大的『母親』，但妳已經是一位值得讚賞的好『姊姊』了。」

「唔～～～～……！」

輕撫髮絲的手，溫度是那麼暖和。

這溫度令刀華想起自己的父母。她低著頭，雙眼隱隱泛淚。

但是——

「這下子，我終於能毫無罣礙地離開這裡。」

刀華聽見老人接下來的話語，慌忙地抬起頭。

「……！您要離開〈若葉之家〉？」

老人移開手，點了點頭。

「是，我打算今天就出發。承蒙各位的好意，我不小心待得太久了。而且妳們現在正在向公家機關打聽我這個老頭的事了，是不是？」

「唔……這個……」

不了解老人，所以心生提防。

刀華尷尬地說不出話，自己竟然這樣對待恩人。

老人卻搖了搖頭：

「我沒有責怪妳。妳的行動理所當然。但是，不好意思，我還不打算回去那個地方。」

「假如您的收容機構環境太過惡劣，我願意協助您改善處境！不，請務必讓我幫忙！」

刀華希望向老人報恩，不論形式。但是老人卻否決了：「我並不是因為環境太惡劣，才不回去。」

「為什麼我會重新在這個時代甦醒，再次踏上這個國家的土地？我……必須找到答案。」

「……？」

這番話太莫名其妙，刀華聽得一頭霧水。

但是老人不再繼續解釋。

刀華看著他的側臉，忽然驚覺，對方可能不等日落，就要離開育幼院。

他一旦離開，雙方恐怕會永不相見。

所以──

「那麼，在您離開之前，是否能答應我一個願望？我希望您陪我去一個地方。」

刀華難得提出任性的要求。

她無論如何，都希望讓他見一見那些人。

◆◇◆◇◆

這一天，天空染上夕色之時，刀華和老人一起前往某個地方。〈若葉之家〉附近有一道斜坡，那地方就在斜坡上方。

老人在那裡感受風兒拂過，問向刀華：

「這裡是墓園？」

「您認得出來嗎？」

「是啊，從空氣的流動和氣味得知的。墓園的氣流比較特別。」

感覺真是敏銳。刀華很訝異，她承認：

「您說得沒錯，這裡是墓園。而且──我的父母就在這裡永眠。」

她說完，走向其中一個墓碑。

這是東堂家的墓碑。

刀華輕輕合掌，從手上的塑膠袋取出某樣東西。

那是──

「……是洋甘菊嗎？我記得〈若葉之家〉的庭園裡也開著洋甘菊。」

「是的，家父家母還在世時，他們在老家庭院種了洋甘菊，送給我做為最後的生日禮物。花季的時候開滿一整片白色花朵，非常漂亮。〈若葉之家〉現在種的洋甘菊，是我拜託媽媽——院長，讓我從老家帶過來繼續種。我每次在花季的時候返鄉，都會帶著花來上香，告訴他們，今年的洋甘菊也開得很漂亮。不過今年從返鄉第一天開始，就發生各種事情，我稍微晚了點才來掃墓……呵呵，我真是不孝女。」

「沒有這回事。」

刀華苦笑說完，老人隨即果斷反駁：

「……提議那些活動的時候，院長曾經告訴我。刀華小姐的父母賦予女兒無數愛情，而妳一直很努力，希望將得到的愛情分給其他流離失所的孩子。所以……妳有時候會稍微情緒化一點，希望我不要太責備妳。」

「……全都瞞不過媽媽呢。」

「妳真的很了不起。我在妳這麼大的時候，只顧著煩惱自己的事。沉睡在這裡的父母……想必為妳創造許多快樂回憶。」

「…………」

刀華聽老人這番話，有點不知道該如何回應。

但這位老人應該能理解，她決定老實回答：

「其實……我已經不太記得父母的事了。」

「咦？」

「家父、家母一直臥病在床。我不記得是生什麼病，但記憶中的父母，大多是躺在醫院的病床上。

腦中完全沒有全家一起旅行、吃飯之類的回憶。

所以，我每次聽到朋友提到自己去露營、去遊樂園玩，總是埋怨父母，為什麼不帶自己出去玩。當時的我還是小孩子……不知道他們只是生了病，沒辦法陪伴我。

父母直到病死，都沒機會帶我去露營或是去遊樂園。我剛住進〈若葉之家〉的時候，甚至很恨自己的父母。」

老人聽完刀華的自白，訝異地問道：

「但是……妳為什麼現在又說，父母對自己付出了愛情？」

明明她甚至恨過父母，為什麼改變想法？

這當然是有原因的。

刀華住進〈若葉之家〉之後過了一陣子，院長告訴刀華一件事。

父母死前最後的生日禮物，現在刀華供奉在父母墓碑前的花朵，它的花語是──

「播磨先生，你知道洋甘菊的花語是什麼嗎？」

「不，我不太懂這類知識……」

「花語是『苦難中的力量』。」

「──────」

「兩人為我過的最後一次生日，當時他們已經回天乏術，回到家中進行臨終醫療。他們的身體應該很不舒服。他們卻用每天短暫的活動時間，花上幾天，將整片庭院種滿洋甘菊，送給我做生日禮物。」

那時候，兩人並沒有告訴刀華，洋甘菊的花語是什麼。

他們或許很懊悔，竟然必須獨留幼小的女兒在這世上，所以認為他們沒資格親口說出這句心願。

然而——

「直到院長告訴我花語，我才終於知道，父母在這份禮物灌注了什麼樣的願望。他們盡力將所有的愛情，留給即將分離的孩子。」

他們想必非常痛恨自己。

非常懊惱。

自己竟然沒辦法好好陪伴最愛的女兒。

自己是那樣無力，不僅無法帶女兒去露營、去遊樂園玩耍，只能讓她看見自己在病床上的模樣。

即便如此，兩人仍然耗盡最後的力氣與自由，盡力祈禱。

希望女兒堅強地活著。

希望她面臨挫折與苦難，也能堅定地活下去。

「這份願望，當然是他們的愛。」

除此之外，還能冠上什麼名稱？

所以刀華能挺起胸膛，大聲地對任何人說。

她的父母陪伴她的時間和其他家庭相比，的確非常短暫，但他們灌注了很深、很濃烈的愛情給自己，培育自己成長茁壯。

「當我得知父母的心願，我和他們的回憶，那一整片洋甘菊花海確實支撐著我，無人能動搖。正因為我仰賴父母的回憶活下來，我希望成為像他們那樣的大人……創造出足以支撐他人的回憶。」

刀華說著，從墓碑前站起身。她重新面向老人，害羞地微笑道：「雖然我經過這次事件，體會到自己還很不成熟。」

「可是多虧播磨先生為我指引道路，我更接近理想中的自己……所以我希望在您出發之前，把您這位恩人介紹給我父母。不好意思，讓您配合我任性的要求。」

刀華道歉完，靠近老人，牽起他的手。

接著拿出幾張紙鈔，塞進那瘦弱如枯枝的手中。

「您若是無處可去，我真的很想請您留下來。但是我沒有正當理由挽留您，至少請您收下這些錢。這是我上次參與特別徵召的酬勞。金額不多，至少為您添點旅費——」

就在這一瞬間。

「喝唔——！！！」

老人的身體忽然彎成「く」字。

「播、播磨先生!?」

他究竟怎麼了?刀華瞪大雙眼。

腦中率先聯想到,可能是某種病症發作。

他如外表所見,年事已高,隨時可能發生意外。

刀華湊上前想照顧他。

隨後,她馬上發現。

這不是發病。

「唔喔喔喔喔喔喔喔……!喔喔喔喔喔喔……!」

老人在哭。

眼瞼下早已沒了眼球,淚腺也退化,流不出眼淚。

遮眼布仍是乾的。

但他眉毛扭曲,皺緊了臉,將體內湧出的情感化作慟哭。所有跡象都在告訴刀華,老人正在痛哭流涕。

「太耀眼了……妳散發的光芒,實在亮得眩目啊……!」

刀華聞言,赫然回想起一件事。

他們邂逅的那一天,老人也曾說出「燦爛」這個形容詞。

他失去眼球,視覺早就無法運作。刀華當下覺得奇妙,現在終於察覺。這是老人自己的讚美方式。

刀華正想回禮——

「『人性本善』。我之所以能肯定這一點，是因為我在戰爭中失去視力，換來一種能力。我可以看見人身上的光輝。人是光，每一個人都如同星點，美麗且璀璨。刀華小姐在這些光芒中，又顯得稚嫩、美麗。令我想起**那些勇敢的外國中學生……！**」

老人說得口沫橫飛，話語如洪水般淹沒刀華的謝意。

他平時是那樣沉穩，很難想像他會如此多話。

這名老人究竟是怎麼了？不，說到底——

「中學、生？」

他到底在說什麼？

「那已經是古老的往事了。這個國家尚未加入〈聯盟〉之時，有一群勇敢的孩子跨海而來，想與曾經的敵國建立友誼。啊啊，他們真是太可惜了。他們無法承受上天的愛，至死仍未掌握『恩寵』。但是換作是妳，妳或許能和我一樣，在上天慈愛的考驗之中，抓住那份『恩寵』……！」

「請問——!?」

然而，疑問無法化作言語。

老人隨著出口的感嘆，語氣與皺紋描繪的情感逐漸激昂。

他握住垂掛在脖子下的手作十字架，像是在祈禱。手握得太緊，漸漸瘀血。

老人遮住的雙眼，漸漸發生肉眼可見的變化。

「『苦難中的力量』！這句話多麼適合形容人類的光輝！我現在終於確信了！曾幾何時，以〈大英雄〉黑鐵龍馬為首，那些照耀時代的巨星光輝曾經打敗了我。我如今為何再次踏上這片國土？上天究竟在我身上追求什麼？我找到答案了！」

空蕩蕩的眼窩噴發翠綠色的光彩，宛如火焰。

那無疑是魔力的光彩——

「考驗！上天之所以派遣我來到此地，就是為了將稚嫩卻擁有潛力的光芒推往高處，包括妳在內，引領你們超越〈覺醒〉，走向上天的『恩寵』，傳達上天的慈愛！名為平穩的停滯已經持續一世紀之久，光芒逐漸微弱，或許會如同那群中學生，再次發生悲劇。我始終猶豫不決！但是，我的憂慮只是杞人憂天！人！以及未來！早已在我眼前，散發如此強大的光輝！

那麼我將掏空自我！盡我所能！育幼院的孩子是那樣弱小，他們或許會在考驗中全數走向死亡，但絕不能畏懼！

考驗即為上天的慈愛！上天的慈悲將會引領人們，走向高峰！失去父母，令妳更加成長。假如妳失去了現在的家人、夥伴、好友，上天必定會賜與妳『恩寵』！沒錯，唯有置身於絕望與苦難的漆黑之中，人的靈魂才能更加光彩奪目！！！！」

「〈雷切〉————————————！！！」

刀華顯現〈鳴神〉，隨即拔刀，迅速且果斷。

這個老人顯然十分異常。太危險了。

本能警告她，總之必須制伏這個老人。

然而——

（他、接下刀了!?）

刀華啞然以對。

她施展〈雷切〉，卯足全力斬向脖子。

然而那隱形——不，是仍未顯現形體，始終維持翠綠光彩的靈裝擋在頸動脈前，接下了〈雷切〉。

裹住雙眼的布終於燒毀、滑落，暴露蘊藏翠綠光華的雙眼眼窩。

他的模樣形同非人——

「你……！你到底是什麼人——!!」

「天導眾教主，〈大炎〉播磨天童。吾為傳述上天考驗之人。」

他的力量擋下刀華的刀刃，逐漸顯現。

翠綠如霧的魔力光芒凝聚成形。

出現一柄滿是鏽跡的劍。沒有刀刃，沒有刀鍔，宛如青銅塊。

天童頌唱其名。

「恭迎汝之降臨——〈天叢雲劍〉。」

後記

感謝各位讀者讀完落第騎士第十六集！我是海空陸！

新電腦的K鍵擊打反應太弱了！打個日文的「すごく」，有四成會變成「すごう」，慘斃了！

無可奈何之下，只能再買一臺電腦，壞掉的這臺就以新品不良為由送去維修。做這一行果然需要複數臺電腦呢。

電腦狀況不好，再加上三月要報稅、車檢、原稿，總之一大堆事擠在一起，糟透了。忙過頭還爆瘦……結果是我誤會了，我胖了一圈。莫名其妙……

抱怨先到此為止，來聊一下十六集的進展。

法米利昂篇在上一集告一段落，這一集展開新章節。還能描寫這些老配角現在的變化，我覺得很愉快。不過，綾辻學姊的能力果然太強了？各人認為校內篇裡最強的能力，應該是〈獵人之森〉(Area Invisible)，結果寫著寫著，忽然覺得學姊的能力足以和〈獵人之森〉相提並論。大笑。

好想再多寫一點刀華的日常生活。我太想寫女孩子說方言了！下集開始故事會很緊湊，好像沒太多時機給她篇幅放鬆……但是又很難寫太長的日常故事，每次都在煩惱該如何調整故事氛圍……！

刀華接下來會有什麼變化？就請各位靜待下集揭曉。這次還有個小通知。我另一部系列作《超人高中生們即便在異世界也能從容生存》，終於要作動畫了！（此為日本消息。）

配音名單裡也包含參與過落第騎士的成員……！再過不久就要開播了，希望各位一定要觀賞一下！

最後，感謝各方協助本書出版。

責編小原，真是抱歉，讓您配合這次緊湊的行程……！

插畫家ＷＯＮ老師，美乳大放送，太棒了！下集以後會出現不少嚴肅劇情，各位讀者也請用這集補充美乳。這很重要。

那麼，我們第十七集再會！

浮文字

落第騎士の英雄譚16

（原名：落第騎士の英雄譚16）

著　者／海空陸　封面插畫／ＷＯＮ　譯　者／堤風
發行人／黃鎮隆　副總經理／陳君平　副　理／洪琇菁
執行編輯／曾鈺淳　美術編輯／李政儀　國際版權／黃令歡
企劃宣傳／邱小祐　文字校對／施亞蒨　內文排版／謝青秀

出　版／城邦文化事業股份有限公司 尖端出版
台北市中山區民生東路二段一四一號十樓
電話：（〇二）二五〇〇—七六〇〇
傳真：（〇二）二五〇〇—二六八三
E-mail：7novels@mail2.spp.com.tw

發　行／英屬蓋曼群島商家庭傳媒股份有限公司城邦分公司 尖端出版
台北市中山區民生東路二段一四一號十樓
電話：（〇二）二五〇〇—七六〇〇（代表號）
傳真：（〇二）二五〇〇—一九七九

中彰投以北經銷／楨彥有限公司（含宜花東）
電話：（〇二）八九一九—三三六九
傳真：（〇二）八九一四—五五二四

雲嘉經銷／智豐圖書有限公司　嘉義公司
電話：（〇五）二三三—三八五二
傳真：（〇二）二三三—三八六三
客服專線：〇八〇〇—〇二八—〇二八

南部經銷／智豐圖書有限公司　高雄公司
電話：（〇七）三七三—〇〇七九
傳真：（〇七）三七三—〇〇八七

一代匯集／香港九龍旺角塘尾道六十四號龍駒企業大廈十樓B&D室
電話：（八五二）二七八三—八一〇二
傳真：（八五二）二七八二—一五二九
E-mail：hkcite@biznetvigator.com

新馬經銷／城邦（馬新）出版集團Cite（M）Sdn. Bhd.
E-mail：cite@cite.com.my

法律顧問／王子文律師　元禾法律事務所
台北市羅斯福路三段三十七號十五樓

二〇二〇年七月一版一刷

■中文版■

郵購注意事項：
1.填妥劃撥單資料：帳號：50003021戶名：英屬蓋曼群島商家庭傳媒(股)公司城邦分公司。2.通信欄內註明訂購書名與冊數。3.劃撥金額低於500元，請加附掛號郵資50元。如劃撥日起 10～14日，仍未收到書時，請洽劃撥組。劃撥專線TEL：(03)312-4212 ・ FAX：(03)322-4621。E-mail：marketing@spp.com.tw

國家圖書館出版品預行編目資料

落第騎士英雄譚 16 / 海空陸作 ; 堤風譯. -- 1版.
[臺北市] : 尖端出版 : 家庭傳媒城邦分公司
發行, 2020. 07-
面 ;　公分
譯自：落第騎士の英雄譚
ISBN 978-957-10-8979-9 (第16冊：平裝)

863.57　　109006591